공부 잘하는 아이, 독서 잘하는 ~~~~~
어휘력 먼저 키워 주어야 합니다!

공부 잘하고 책 잘 읽는 똑똑한 아이들에게는 공통점이 있습니다. 바로 그 아이들이 알고 있는 단어가 많다는 것입니다. 어휘력이 좋아서 책을 잘 읽는 것은 이해가 되는데, 어휘력이 좋아야 공부도 잘한다는 것은 설명이 좀 필요할 것 같습니다. 다음 말을 읽고 곰곰이 한번 생각해 보세요.

"사람은 자신이 아는 단어의 수만큼 생각하고 표현한다."
"하나의 단어를 아는 것은 그 단어를 둘러싸고 있는 세상을 아는 것이다."

이 말에 동의한다면 왜 어휘력이 좋아야 공부를 잘하는지 알 수 있을 것입니다. 공부는 세상을 이해하고 자신을 표현하는 일련의 과정이기 때문에, 어휘력을 키우면 세상을 이해하는 능력과 사고력이 자라서 공부를 잘하는 바탕이 마련됩니다.

예를 들어 볼까요? 두 아이가 있습니다. 한 아이는 '알리다'라는 낱말만 알고, 다른 아이는 '알리다' 외에 '안내하다', '보도하다', '선포하다', '폭로하다'라는 낱말도 알고 있습니다. 첫 번째 아이는 어떤 상황이든 '알리다'라고 뭉뚱그려 생각하고 표현합니다. 하지만 두 번째 아이는 길을 알려 줄 때는 '안내하다'라는 말을, 신문이나 TV에서 알려 줄 때는 '보도하다'라는 말을, 세상에 널리 알릴 때는 '선포하다'라는 말을 씁니다. 또 남이 피해를 입을 줄 알면서 알릴 때는 '폭로하다'라고 구분해서 말하겠지요. 이렇듯 낱말을 많이 알면, 보다 정확하게 이해하고 정교하게 표현할 수 있습니다.

〈세 마리 토끼 잡는 초등 어휘〉는 아이들의 어휘력을 키워 주려고 탄생했습니다. 아이들이 낱말을 재미있고 효율적으로 배울 뿐 아니라, 낯선 낱말을 만나도 그 뜻을 유추해 내도록 이끄는 것이 〈세 마리 토끼 잡는 초등 어휘〉의 목표입니다. 공부 잘하는 아이, 독서 잘하는 아이로 키우고 싶다면, 이 글을 읽는 순간 이미 목적지에 한 발 다가선 것입니다. 〈세 마리 토끼 잡는 초등 어휘〉가 공부 잘하는 아이, 독서 잘하는 아이로 책임지고 키워 드리겠습니다.

세 마리 토끼 잡는 초등 어휘 는 어떤 책인가요?

1 한자어, 고유어, 영단어 세 마리 토끼를 잡아 어휘력을 통합적으로 키워 주는 책

〈세 마리 토끼 잡는 초등 어휘〉는 한자어와 고유어, 영단어 실력을 단단하게 만들어 주는 책입니다. 낱말 공부가 지루한 건, 낱말과 뜻을 1:1로 외우기 때문입니다. 이렇게 공부하면 낯선 낱말을 만났을 때 속뜻을 헤아리지 못해 낭패를 보지요. 〈세 마리 토끼 잡는 초등 어휘〉는 속뜻을 이해하면서 한자어를 공부하고, 이와 관련 있는 고유어와 영단어를 연결해서 공부하도록 이루어져 있습니다. 흩어져 있는 글자와 낱말들을 연결하면 보다 재미있게 공부하고 오래 기억할 수 있습니다.

2 한자가 아니라 '한자 활용 능력'을 키워 주는 책

많은 아이들이 '날 생(生)' 자는 알아도 '생명', '생계', '생산'의 뜻은 똑 부러지게 말하지 못합니다. 한자와 한자어를 따로따로 공부하기 때문이지요. 〈세 마리 토끼 잡는 초등 어휘〉는 한자를 중심으로 다양한 한자어를 공부하도록 구성하여 한자를 통해 낯설고 어려운 낱말의 속뜻도 짐작할 수 있는 '한자 활용 능력'을 키워 줍니다.

3 교과 지식과 독서·논술 실력을 키워 주는 책

〈세 마리 토끼 잡는 초등 어휘〉는 추상적인 낱말과 개념어를 잡아 주는 책입니다. 고학년이 되면 '사고방식', '민주주의' 같은 추상적인 낱말과 개념어를 자주 듣게 됩니다. 이런 어려운 낱말은 아이들의 책 읽기를 방해하고 공부에 대한 흥미를 잃게 하지요. 하지만 〈세 마리 토끼 잡는 초등 어휘〉로 공부하면 낱말과 지식을 함께 익힐 수 있어서, 교과 공부는 물론이고 독서와 논술을 위한 기초 체력도 기를 수 있습니다.

세마리 토끼 잡는 초등 어휘 는 어떻게 이루어져 있나요?

1 전체 구성

〈세 마리 토끼 잡는 초등 어휘〉는 다섯 단계(총 18권)로 이루어져 있습니다.

단계	P단계	A단계	B단계	C단계	D단계
대상 학년	유아~초등 1년	초등 1~2년	초등 2~3년	초등 3~4년	초등 5~6년
권 수	3권	4권	4권	4권	3권

2 권 구성

〈세 마리 토끼 잡는 초등 어휘〉 한 권은 내용에 따라 PART1, PART2, PART3으로 나누어져 있습니다.

PART1 핵심 한자로 배우는 기본 어휘(2주 분량)

10개의 핵심 한자를 중심으로 한자어와 고유어, 영단어를 익히는 곳입니다. 한자는 단계에 맞는 급수와 아이들이 자주 듣는 낱말이나 교과 연계성을 고려해 선별하였습니다. 한자와 낱말은 한눈에 들어오게 어휘망으로 구성하였고, 다양한 활동을 통해 낱말의 뜻을 익힐 수 있게 꾸렸습니다. 또한 교과 관련 낱말을 별도로 구성해서 교과 지식도 함께 쌓을 수 있습니다.

단계별 구성(P단계에서 D단계로 갈수록 핵심 한자와 낱말의 난이도가 높아지고, 낱말 수도 많아집니다.)

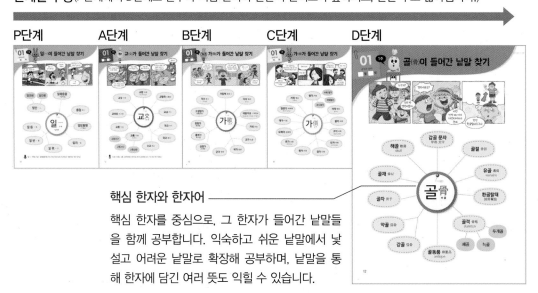

핵심 한자와 한자어 ————
핵심 한자를 중심으로, 그 한자가 들어간 낱말들을 함께 공부합니다. 익숙하고 쉬운 낱말에서 낯설고 어려운 낱말로 확장해 공부하며, 낱말을 통해 한자에 담긴 여러 뜻도 익힐 수 있습니다.

PART 2 뜻을 비교하며 배우는 관계 어휘(1주 분량)

관계가 있는 여러 낱말들을 연결해서 공부하는 곳입니다. '輕(가벼울 경)', '重(무거울 중)' 같은 상대되는 한자나, '동물', '종교' 등 하나의 주제를 중심으로 관련 있는 낱말들을 모아서 익힐 수 있습니다.

상대어로 배우는 한자어

상대되는 한자를 중심으로 상대어들을 함께 묶어 공부합니다. 상대어를 통해 어휘 감각과 논리력을 키울 수 있습니다.

주제로 배우는 한자어

음식, 교통, 방송, 학교 등 하나의 주제와 관련 있는 낱말을 모아서 공부합니다.

PART 3 소리를 비교하며 배우는 확장 어휘(1주 분량)

소리가 같거나 비슷해서 헷갈리는 낱말이나, 낱말 앞뒤에 붙는 접두사·접미사를 익히는 곳입니다. 비슷한말을 비교하면서 우리말을 좀 더 바르게 쓸 수 있습니다.

헷갈리는 말 살피기

'가르치다/가리키다', '~던지/~든지'처럼 헷갈리는 말이나 흉내 내는 말을 모아 뜻과 쓰임을 비교합니다.

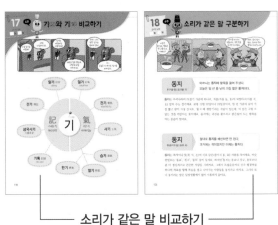

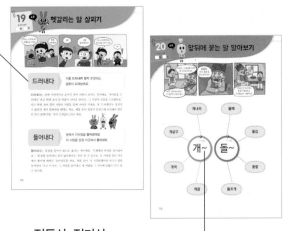

소리가 같은 말 비교하기

소리가 같은 한자를 중심으로, 소리는 같지만 뜻이 다른 동음이의어를 공부합니다.

접두사·접미사

'~장이/~쟁이'처럼 낱말 앞뒤에 붙어 새로운 뜻을 더하는 접두사·접미사를 배웁니다.

세 마리 토끼 잡는 초등 어휘 1일 학습은 **어떻게** 짜여 있나요?

어휘망

어휘망은 핵심 한자나 글자, 주제를 중심으로 쓰임이 많은 낱말을 모아 놓은 마인드맵입니다. 한자의 훈음과 관련 낱말들을 익히면, 한자를 이용해 낱말들의 속뜻을 짐작할 수 있습니다.

먼저 확인해 보기

미로 찾기, 십자말풀이, 색칠하기 등 다양한 활동을 하며 낱말의 뜻을 정확히 알고 있는지 확인할 수 있습니다.

익숙한 말 살피기

낱말을 아이들 눈높이에 맞춰 한자로 풀어 설명합니다. 한자와 뜻을 연결해 공부하면서 한자를 이용한 속뜻 짐작 능력을 키울 수 있습니다.

교과서 말 살피기

교과 내용을 낱말 중심으로 되짚어 봅니다. 확장된 지식과 낱말 상식 등을 함께 공부할 수 있습니다.

★ '주제로 배우는 한자어'는 동물, 학교, 수 등 주제를 중심으로 관련 어휘를 확장해서 공부합니다.

속뜻 짐작 능력 테스트

앞에서 배운 내용을 잘 이해했는지 확인하고, 핵심 한자를
활용해 낯설거나 어려운 낱말의 뜻을 스스로 짐작해 봅니다.

어휘망 넓히기

관련 있는 영단어와 새말 등을
확장해서 공부할 수 있습니다.
QR 코드를 찍으면 영어 발음을
듣고 배울 수 있습니다.

재미있는 우리말 유래/이야기

재미있는 우리말 유래/이야기

한 주 학습을 마치면, 우리말 유래나 우리
말에 얽힌 이야기를 소개하는 재미있는 만
화가 기다리고 있습니다.

★ '헷갈리는 말 살피기'는 소리가 비슷한 낱말들을 비교할 수 있게 구성하였습니다.

세 마리 토끼 잡는 초등 어휘 이렇게 공부해요

1 매일매일 꾸준히 공부해요

〈세 마리 토끼 잡는 초등 어휘〉는 매일 6쪽씩 꾸준히 공부하는 책이에요. 재미있는 활동과 만화가 있어서 지루하지 않게 공부할 수 있지요. 공부가 끝나면 'O주 O일 학습 끝!' 붙임 딱지를 붙이고, QR 코드를 이용해 영어 발음도 들어 보세요.

2 또 다른 낱말도 찾아보아요

하루 공부를 마치고 나면, 인터넷 사전에서 그날의 한자가 들어간 다른 낱말들을 찾아보세요. 아마 '어머, 이 한자가 이 낱말에 들어가?', '이 낱말이 이런 뜻이었구나.'라고 깨달으며 새로운 즐거움에 빠질 거예요. 새로 알게 된 낱말들로 나만의 어휘망을 만들면 더욱 도움이 될 거예요.

3 보고 또 봐요

〈세 마리 토끼 잡는 초등 어휘〉는 PART1에 나온 한자가 PART2나 PART3에도 등장해요. 보고 또 보아야 기억이 나고, 비교하고 또 비교해야 정확히 알 수 있기 때문이지요. 책을 다 본 뒤에도 심심할 때 꺼내 보며 낱말들을 내 것으로 만들어 보세요.

한 주 학습표	월	화	수	목	금	토
	매일 6쪽씩 학습하고, 'O주 O일 학습 끝!' 붙임 딱지 붙이기					주요 내용 복습하기

세마리 토끼잡는 초등 어휘

D단계 3권

주	일차	단계		공부할 내용	교과 연계 내용
1주	1	PART1 (기본 어휘)		갑(甲)	[수학 4-1] 규칙 찾기
	2			문(文)	[국어 6-1] 문학의 갈래 알아보기
	3			운(運)	[과학 4-1] 지구와 달 알기 [과학 6-1] 지구와 달의 운동 알기 [과학 6-2] 태양 고도와 계절 변화 알기
	4			궁(宮)	[사회 5-2] 유교 문화가 발달한 조선 알아보기
	5			록(錄)	[사회 5-2] 유교 문화가 발달한 조선 알아보기
2주	6			보(寶)	[사회 5-2] 우리 역사의 시작과 발전 알아보기
	7			사(私)	[사회 5-1] 우리 사회의 과제와 문화의 발전 알아보기 [사회 6-2] 변화하는 세계 속의 우리 알아보기
	8			성(城)	[사회 6-1] 조선 사회의 새로운 움직임 살펴보기
	9			만(滿)	[과학 6-1] 지구와 달의 운동 알기
	10			파(派)	[사회 6-1] 근대 국가 수립을 위한 노력과 민족 운동 알아보기
3주	11	PART2 (관계 어휘)	상대어	진가(眞假)	[수학 3-1] 분수와 소수 알기
	12			진퇴(進退)	[과학 6-1] 생물과 환경 알기
	13			공과(功過)	[사회 5-2] 유교 문화가 발달한 조선 알아보기
	14		주제어	세시 풍속 (歲時 風俗)	[사회 5-2] 우리 역사의 시작과 발전 알아보기
	15			문화재(文化財)	[사회 5-2] 우리 역사의 시작과 발전 알아보기
4주	16	PART3 (확장 어휘)	동음이의 한자	보(補/保/報)	[국어 6-1] 뉴스의 관점 알기 [국어 6-2] 정보를 활용한 기사문 알아보기
	17			성(成/性/誠)	[과학 6-1] 생물과 환경 알기 [과학 6-2] 생물과 우리 생활 살펴보기
	18		소리가 같은 말	부상(負傷/浮上/副賞) 이성(理性/異性) 연패(連覇/連敗) 소원(所願/疏遠)	[국어 5-1] 상황에 알맞은 낱말 사용하기/낱말의 뜻 파악하는 방법 알기
	19		헷갈리는 말	전통(傳統)/정통(正統) 상연(上演)/상영(上映) 임신(姙娠)/인신(人身)	[국어 5-1] 상황에 알맞은 낱말 사용하기/낱말의 뜻 파악하는 방법 알기
	20		접두사/ 접미사	얼~	[수학 5-2] 자료의 표현 알기

contents

자, 준비됐니?
토야와 같이
출발~!

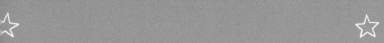

우리말과 영어 단어, 교과 관련 낱말 들을 공부해요.

PART 1

PART1에서는 핵심 한자를 중심으로
우리말과 영어 단어, 교과 관련 낱말 들을 공부해요.

갑(甲)이 들어간 낱말 찾기

갑부 甲富
millionaire

환갑 還甲
60th birthday

갑론을박
甲論乙駁
argument

진갑 進甲

갑골 문자
甲骨 文字

동갑 同甲
same age

갑
甲
껍질/갑옷 갑

갑각류 甲殼類

장갑차 裝甲車
armored car

둔갑 遁甲
transform

갑옷 甲-
armor

철갑 鐵甲

갑상선 甲狀腺

철갑상어   철갑 부대   철갑선

🐰 '갑(甲)' 자는 갑론을박, 갑부처럼 '첫째, 첫째가는'이라는 뜻과 장갑차, 철갑처럼 '갑옷'이라는 뜻,
🐼 둔갑처럼 '껍질'이라는 뜻이 있어요.

1 장갑차가 군부대로 돌아가려고 해요. 팻말에 적힌 뜻풀이를 읽고, 설명하는 낱말을 찾아 따라가 보세요.

갑론을박
甲(껍질/갑옷 갑) 論(논할 론/논)
乙(새 을) 駁(논박할 박)

'갑(甲)' 자에는 '첫째, 첫째가는'이라는 뜻이 있어요. 갑론을박은 한 사람이 말하면(논할 론/논, 論) 다른 사람이 반박한다는(논박할 박, 駁) 뜻이에요.

갑부
甲(껍질/갑옷 갑) 富(부자 부)

부자 중에서도 첫째가는 큰 부자(부자 부, 富)를 갑부라고 해요. 비슷한말로 큰(클 거, 巨) 부자라는 뜻의 '거부'가 있어요. 돈은 많지만 그에 어울리는 품위를 갖추지 못한 사람을 부정적인 의미로 '졸부'라고 해요.

환갑/진갑
還(돌아올 환) 甲(껍질/갑옷 갑)
進(나아갈 진)

육십갑자의 '갑'으로 되돌아온다는(돌아올 환, 還) 뜻으로, 만 60세가 되는 생일을 환갑이라고 해요. 환갑의 이듬해 생일은 1년 더 나아간다(나아갈 진, 進)는 뜻의 진갑이지요. 나이가 같으면(한가지 동, 同) '동갑'이라고 해요.

장갑차
裝(꾸밀 장) 甲(껍질/갑옷 갑)
車(수레 거/차)

'갑(甲)' 자에는 '갑옷'이라는 뜻도 있어요. 총알도 막을 수 있도록 겉에 강철판을 갑옷처럼 덧씌운 차를 장갑차라고 해요. 장갑차는 제1차 세계 대전 때 처음으로 등장했어요.

갑옷
甲(껍질/갑옷 갑)

전쟁 때 적의 칼이나 화살 등의 무기로부터 몸을 보호하기 위해 입던 옷을 갑옷이라고 해요. 갑옷은 쇳조각이나 가죽 조각을 이어서 만들었어요.

철갑
鐵(쇠 철) 甲(껍질/갑옷 갑)

쇠(쇠 철, 鐵)로 둘러씌운 것이나 쇠붙이로 지은 갑옷을 철갑이라고 해요. 철갑을 두른 배(배 선, 船)는 '철갑선', 철갑으로 무장한 군인들은 '철갑 부대', 철갑 같은 딱딱한 비늘이 있는 상어는 '철갑상어'라고 하지요.

갑상선
甲(껍질/갑옷 갑) 狀(모양 상)
腺(샘 선)

갑상선은 한자 '갑(甲)'의 모양(모양 상, 狀)과 닮은 내분비샘(샘 선, 腺)이에요. 나비 모양을 닮기도 한 갑상선은 숨을 쉴 때 공기의 통로가 되는 기도 앞쪽에 있어요.

둔갑
遁(달아날/피할 둔) 甲(껍질/갑옷 갑)

몸을 감추거나 모습을 바꾸는 것을 '달아날/피할 둔(遁)' 자를 붙여 둔갑이라고 해요. 보기에는 그럴듯하지만 진실과 다를 때 '가짜가 진짜로 둔갑하다.'라고 하지요.

갑각류
甲(껍질/갑옷 갑) 殼(껍질 각)
類(무리 류/유)

새우, 게, 가재 같은 동물들은 딱딱한 껍데기로 몸을 보호하고 있어요. 이처럼 갑옷같이 단단한 껍데기(껍질 각, 殼)에 싸여 있는 동물을 통틀어 갑각류라고 해요.

갑골 문자
甲(껍질/갑옷 갑) 骨(뼈 골)
文(글월 문) 字(글자 자)

옛날 중국의 은나라 때 거북의 등딱지나 동물의 뼈(뼈 골, 骨)에 새긴 글자를 갑골 문자라고 해요. 한자의 가장 오래된 형태를 알 수 있지요.

조상들의 연도 계산법, 육십갑자

옛날에는 연대 표시를 1884년, 1894년처럼 하지 않고 갑신년, 갑오년과 같이 '육십 갑자'를 사용해서 표현했어요. 육십갑자는 하늘(하늘 천, 天)의 시간(방패 간, 干)을 10 개로 나타낸 '천간'과 땅을 지키는 12마리 동물을 뜻하는 '십이지'를 조합해 만든 순서 예요. 육십갑자가 어떤 원리로 만들어졌는지 알아볼까요?

〈육십갑자를 만드는 원리〉

육십갑자를 만드는 천간과 십이지는 각각 10개와 12개의 한자로 이루어져 있어요.

	1	2	3	4	5	6	7	8	9	10	11	12
천간	갑(甲)	을(乙)	병(丙)	정(丁)	무(戊)	기(己)	경(庚)	신(辛)	임(壬)	계(癸)		
십이지	자(子)	축(丑)	인(寅)	묘(卯)	진(辰)	사(巳)	오(午)	미(未)	신(申)	유(酉)	술(戌)	해(亥)

① 천간과 십이지의 한자를 하나씩 순서 대로 붙이면 갑자, 을축, 병인, 정묘…… 신유, 임술, 계해까지 60가지가 되지요.

짝을 지을 때는 천간을 먼저, 십이지를 뒤에 붙이는구나.

② 이렇게 짝을 이룬 60개의 조합을 '육 십갑자'라고 해요.

모든 글자가 한 번씩 만나서 60개의 짝이 만들어져.

③ 육십갑자는 60번마다 다시 같은 이름 이 반복되지요.

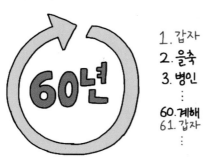

1. 갑자
2. 을축
3. 병인
   :
60. 계해
61. 갑자
   :

④ 육십갑자는 우리 조상들의 삶에 깊숙 이 스며들어 역사적으로 중요한 사건을 부르는 데에도 쓰였어요.

'임진왜란'은 임진년에 왜군이 쳐들어와 일어난 전쟁이란 뜻이야.

갑오년에 추진된 개혁 운동이 '갑오개혁'이지.

1 ( ) 안에서 알맞은 낱말을 찾아 ○ 하세요.

> ① 성문에 (**철갑** / **갑각류**)을/를 입혀서 적의 공격에 대비했어요.

> ② 우리 동네 최고 (**둔갑** / **갑부**)인 자네가 점심 값 좀 내게.

> ③ 형님, 만 60세 생신이신데 잔치를 안 하세요?
> 요즘 누가 (**동갑** / **환갑**)을 맞았다고 잔치를 하나?

2 설명을 읽고, 알맞은 낱말을 찾아 선으로 이어 주세요.

우리 몸의 목에 있는 나비 모양의 내분비 기관	**장갑차**
거북의 등딱지, 소 뼈 등에 새긴 문자	**갑상선**
총알이나 포탄을 막기 위해 겉에 강철판을 덧댄 차량	**갑골 문자**

3 속뜻짐작 다음 밑줄 친 낱말 가운데 '껍질/갑옷 갑(甲)' 자가 쓰인 문장을 골라 보세요. ( )

① 오래전에 잃어버렸던 **지갑**을 찾았어요.

② 갯벌에 들어갔더니 진흙으로 **칠갑**이 되었어요.

③ 구슬을 **빈 갑**에 모두 넣었어요.

④ 그의 손목에 **수갑**이 채워졌어요.

고대 중국에서는 갑골 문자로 점을 치기도 했어요.
또한 별을 관찰하면서 미래를 예측하기도 했지요. 별자리를 영어로 알아볼까요?

zodiac signs(황도 십이궁)

zodiac signs는 황도대에 있는 열두 별자리예요.
아래 표에서 여러분은 어떤 별자리에 속하는지 찾아보세요.

The Water Bearer 물병자리(1월 21일~2월 19일)	The Fishes 물고기자리(2월 20일~3월 20일)	The Ram 양자리(3월 21일~4월 20일)

The Bull 황소자리(4월 21일~5월 21일)	The Twins 쌍둥이자리(5월 22일~6월 21일)	The Crab 게자리(6월 22일~7월 22일)

The Lion 사자자리(7월 23일~8월 22일)	The Virgin 처녀자리(8월 23일~9월 23일)	The Scales 천칭자리(9월 24일~10월 23일)

The Scorpion 전갈자리(10월 24일~11월 22일)	The Archer 궁수자리(11월 23일~12월 21일)	The Goat 염소자리(12월 22일~1월 20일)

I주 I일
학습 끝!
붙임 딱지 붙여요.

문(文)이 들어간 낱말 찾기

문건 文件

문방구 文房具
stationery store

문학 文學
literature

문맹 文盲
illiteracy

공문 公文

문단 文段
paragraph

문법 文法
grammar

문 文
글월 문

본문 本文

문화 文化
culture

문체 文體
style

논문

작문 作文
writing

시문

인문학 人文學

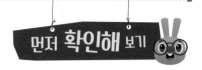

1 십자말풀이의 빈칸에 알맞은 낱말을 써 보세요.

		①		②		
①				②		
③	③				④	
					④	

가로 열쇠

① 인간의 언어, 문학, 문화 등을 연구하는 학문

② 학용품이나 사무용품을 파는 가게

③ 글을 짓는 것

④ 사람들이 함께 살며 이루어 낸 생활 바탕

세로 열쇠

① 생각이나 감정을 글로 나타내는 예술

② 글에서 주된 내용이 들어 있는 부분

③ 말과 글을 쓰는 데 필요한 규칙

④ 공공 기관 등에서 만들어 보내는 문서

2 밑줄 친 낱말의 뜻을 찾아 선으로 이어 보세요.

그 단체는 **문맹**을 퇴치하는 데 힘을 쏟고 있습니다.	•	•	글을 읽거나 쓸 줄 모르는 것
회의 내용을 **문건**으로 만들었어요.	•	•	내용에 따라 나눌 수 있는 짧은 이야기 토막
문단이 잘 나눠진 글은 이해하기 쉬워요.	•	•	공적인 서류나 문서

문학
文(글월 문) 學(배울 학)

생각이나 감정을 글로 나타내는 예술이나 예술 작품을 **문학**이라고 해요. 문학에는 시, 소설, 수필, 희곡, 평론 등이 있어요. 주로 어린이를 대상으로 어린이의 정서를 담은 시는 '아이 동(童)' 자를 붙여 '동시'라고 해요.

문건
文(글월 문) 件(사건 건)

문건은 공공 기관이나 회사에서 만든 공적인 서류나 문서로, [문껀]이라고 읽어요. 요즘에는 대부분 컴퓨터에 보관하는 파일의 형태로 작성하지만, 옛날에는 나무나 천, 돌과 같은 물건에 적기도 했어요.

문방구
文(글월 문) 房(방 방) 具(갖출 구)

문방구는 글을 쓸 수 있도록 갖추어(갖출 구, 具) 놓는 학용품이나 사무용품을 뜻하거나, 그런 물건들을 파는 곳을 의미해요.

문맹
文(글월 문) 盲(소경 맹)

글을 읽거나 쓸 줄 모르는 것을 '소경 맹(盲)' 자를 붙여 **문맹**이라고 해요. 학교와 같이 공부할 곳이 부족해 글을 배우지 못한 사람이 많으면 '문맹률이 높다.'라고 해요.

문단/본문
文(글월 문) 段(층계/조각 단)
本(근본 본)

내용에 따라 묶을 수 있는 짤막한 글 덩어리를 '층계/조각 단(段)' 자를 써서 **문단**이라고 해요. 글의 주된 내용이 들어 있는 부분은 '근본 본(本)' 자를 붙여 **본문**이라고 하지요. '문체'는 글쓴이의 개성이 나타나는 글투를 말해요.

인문학
人(사람 인) 文(글월 문) 學(배울 학)

인간의 사상과 문화 등에 대해 연구하는 학문을 **인문학**이라고 해요. 인간다움을 깨닫고 세상을 폭넓게 바라보기 위해서 배우는 학문이에요.

작문
作(지을 작) 文(글월 문)

글을 짓는(지을 작, 作) 것을 **작문**이라고 해요. 글 중에서 이치와 논리에 맞게 쓴 글은 '논문', 운율이 있는 시와 산문 등의 글은 '시문'이라고 해요.

문화
文(글월 문) 化(될/변화할 화)

사람들이 오랜 세월에 걸쳐 쌓아 온 풍부한 생활 양식을 **문화**라고 해요. 언어, 종교, 예술, 풍습, 학문 등을 두루 이르는 말이지요. 문화가 비슷한 나라끼리 묶은 커다란 테두리는 '문화권'이라고 해요.

문법
文(글월 문) 法(법 법)

말과 글을 구성하는 규칙(법 법, 法)을 **문법**이라고 해요. '온다, 부르는, 봄을, 비가'라고 말하면 뜻이 잘 전달되지 않지만, '봄을 부르는 비가 온다.'라고 문법에 맞게 말하면 뜻이 잘 전달되지요.

공문
公(공평할 공) 文(글월 문)

회사, 학교, 공공 기관 등과 같은 곳에서 만들어 보내는 문서를 '공평할 공(公)' 자를 붙여 **공문**이라고 해요. 공문은 주로 항목을 구분하여 간단명료하게 작성해요. 비슷한말로 '공문서'가 있어요.

문학의 종류 알아보기

말이나 글, 즉 언어로 생각과 감정을 전달하는 예술을 '문학'이라고 해요. 좋은 문학 작품은 사람들에게 감동과 즐거움을 전해 주지요. 문학은 어떤 언어로 쓰는지, 또 어떤 형식으로 전달하는지 등의 기준으로 나눌 수 있어요. 대표적인 문학의 종류에 대해 살펴볼까요?

〈문학의 종류〉

시 소리 내어 읽었을 때 노래하듯이 들리는 글을 '시'라고 해요. 시에는 반복되는 말과 운율이 있어서 읽다 보면 노래를 부르는 것 같지요. 여러 가지 감정을 함축적인 언어로 표현하는 문학이에요.

소설 사실 또는 작가의 상상력에 바탕을 둔 이야기를 실제인 것처럼 꾸며 쓴 글을 '소설'이라고 해요. 글의 분량에 따라 장편, 중편, 단편으로 나눠요.

수필 '붓 가는 대로 쓴 글'이라는 뜻이에요. 소설은 주로 작가의 상상력으로 꾸며 낸 것이지만, 수필은 작가가 일상생활에서 실제로 경험하고 보고 느낀 것들을 자유롭게 쓴 글이에요.

희곡 연극 공연을 하려고 쓴 글을 '희곡'이라고 해요. 희곡에는 등장인물들의 대사와 해설이 쓰여 있어요. 또 인물의 동작, 표정, 말투 등을 지시하는 내용도 적혀 있지요.

1 빈칸에 들어갈 알맞은 낱말을 찾아 선으로 이어 주세요.

> 머리말은 간단히 하고, 네가 전하고 싶은
> 내용은 ▢에서 구체적으로 써 봐.

> 낱말이 모여 문장이 되고,
> 문장이 모여 ▢이 되지요.

> 영어 ▢을 잘하려면 단어도 많이 알아야
> 하지만 문법을 이해하는 것도 중요해.

• 문단

• 작문

• 본문

2 ( ) 안에 어울리는 낱말을 골라 번호를 써 보세요.

⑴ 이순신 장군이 쓴 〈난중일기〉도 (   ) 작품 중 하나입니다.

⑵ 예술은 (   )의 한 부분으로 음악, 미술, 문학 등이 있습니다.

⑶ 인간에 대해 깊이 이해하고 싶다면 (   )을/를 공부하면 좋습니다.

⑷ 학용품은 학교 앞에 있는 (   )에서 살 수 있습니다.

① 문학   ② 문방구   ③ 문화   ④ 인문학

3 속뜻짐작 대화를 읽고, 빈칸에 공통으로 들어갈 낱말을 골라 색칠하세요.

문방사우

문무 겸비

문무백관

여러분이 좋아하는 문학 작품은 무엇인가요?
문학과 관련된 다양한 표현을 영어로 알아봐요.

poem, poet

'시'는 영어로 poem이라고 해요. 시를 쓰는 '시인'은 poet이라고 해요.

novel, fiction, novelist

'소설'은 영어로 novel이라고 해요. 다른 말로는 fiction이라고도 하지요. 소설을 쓰는 사람은 novel에 -ist를 붙여 novelist(소설가)라고 해요.

romance novel
(로맨스 소설)

science fiction
(공상 과학 소설)

1주 2일
학습 끝!

붙임 딱지 붙여요.

play, playwright

play라고 하면 '놀다'라는 뜻이 생각나지요? 하지만 play에는 '연극'이라는 뜻도 있어요. 연극 극본을 쓰는 사람은 playwright(극작가)라고 해요. playwright는 '쓰다'라는 뜻의 write가 아닌 '장인, 작가'라는 뜻의 wright를 붙인 단어예요.

QR 찍고 발음 듣기

운(運)이 들어간 낱말 찾기

🎵 '운(運)' 자에는 운동, 운전처럼 '움직이다'라는 뜻과 운송처럼 '나르다'라는 뜻, 그리고 운명, 운세처럼 '운수'라는 뜻이 있어요.

1 초성 힌트를 참고해서, 설명하는 낱말을 빈칸에 적어 보세요.

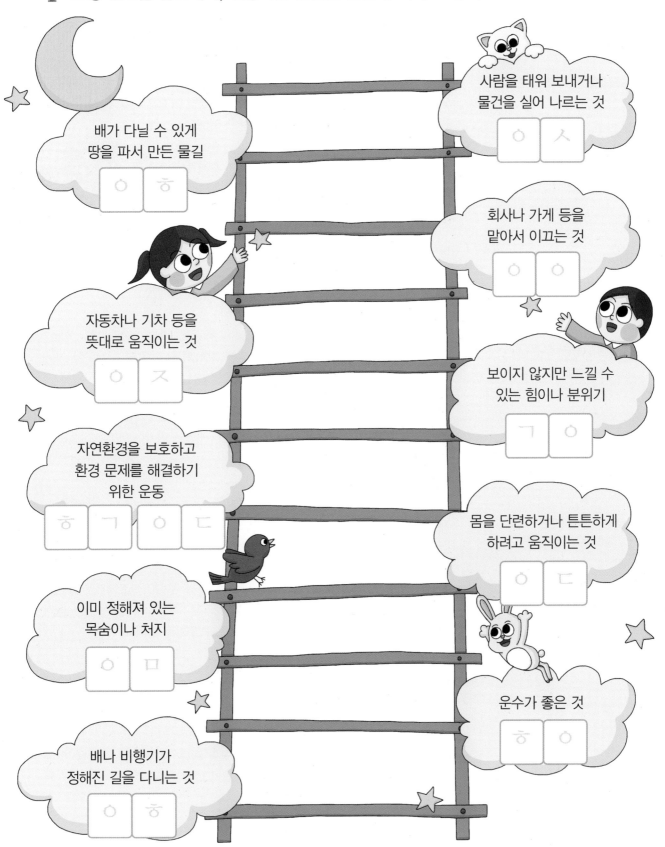

배가 다닐 수 있게 땅을 파서 만든 물길
ㅇ ㅎ

자동차나 기차 등을 뜻대로 움직이는 것
ㅇ ㅈ

자연환경을 보호하고 환경 문제를 해결하기 위한 운동
ㅎ ㄱ ㅇ ㄷ

이미 정해져 있는 목숨이나 처지
ㅇ ㅁ

배나 비행기가 정해진 길을 다니는 것
ㅇ ㅎ

사람을 태워 보내거나 물건을 실어 나르는 것
ㅇ ㅅ

회사나 가게 등을 맡아서 이끄는 것
ㅇ ㅇ

보이지 않지만 느낄 수 있는 힘이나 분위기
ㄱ ㅇ

몸을 단련하거나 튼튼하게 하려고 움직이는 것
ㅇ ㄷ

운수가 좋은 것
ㅎ ㅇ

25

운동
運(움직일 운) 動(움직일 동)

건강을 위해 몸을 움직이는 일, 또는 규칙에 따라 승패를 가리는 것을 운동이라고 해요. '움직일 운(運)' 자는 군대가 이동하는 모습을, '움직일 동(動)' 자는 힘을 써서 무거운 짐을 옮기는 모습을 나타낸 한자예요.

시민운동/환경 운동
市(저자 시) 民(백성 민) 運(움직일 운)
動(움직일 동) 環(고리 환) 境(지경 경)

시민이 중심되어 벌이는 활동을 **시민운동**이라고 해요. 환경 문제를 해결하기 위해 벌이는 활동은 **환경 운동**이라고 하지요. 여기서 '운동'은 어떤 목적을 이루려고 힘쓰는 일이나 활동이라는 뜻이에요.

운전
運(움직일 운) 轉(구를 전)

차나 기차, 자전거 등을 뜻대로 움직이는 것을 운전이라고 해요. 자동차나 오토바이를 운전할 수 있는 자격을 갖추려면 '운전면허'를 취득해야 해요.

운항
運(움직일 운) 航(배 항)

배(배 항, 航)나 비행기가 정해진 길을 다니는(움직일 운, 運) 것을 운항이라고 해요. 자동차나 기차가 길을 따라서 다니는 것은 '다닐 행(行)' 자를 써서 '운행'이라고 하지요.

운하
運(움직일 운) 河(물 하)

배가 다닐 수 있게 땅을 파서 만든 물길을 운하라고 해요. 이집트에 수에즈 운하가 생기자 유럽 사람들이 아프리카를 거치지 않고 곧장 아시아로 가게 되어 두 대륙 사이에 활발한 교역이 이루어졌어요.

운영
運(움직일 운) 營(경영할 영)

회사, 조직, 단체들을 맡아서 이끄는 것을 운영이라고 해요. '학급 운영 위원회'는 학급을 이끌어 가는 위원회라는 뜻이에요.

기운
氣(기운 기) 運(움직일 운)

어떤 일이 벌어지려고 하는 분위기를 '기운 기(氣)' 자를 써서 기운이라고 해요. '남과 북에 화해의 기운이 무르익었다.'처럼 쓸 수 있어요.

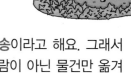

운송
運(움직일 운) 送(보낼 송)

사람을 태워 보내거나 물건을 실어 나르는 것을 운송이라고 해요. 그래서 배, 기차, 여객기 등을 '운송 수단'이라고 하지요. 사람이 아닌 물건만 옮겨서 나를(운반할 반, 搬) 때에는 '운반'이라고 구별해서 불러요.

운명
運(움직일 운) 命(목숨 명)

'움직일 운(運)' 자에는 '운수'라는 뜻도 있어요. 그래서 앞날이나 결과가 이미 정해져 있어서 바꿀 수 없는 처지를 운명이라고 해요.

운세
運(움직일 운) 勢(권세 세)

운이 흘러가는 형세(권세 세, 勢)를 운세라고 해요. 운세가 좋은 것을 '다행 행(幸)' 자를 붙여 '행운'이라고 하고, 운세가 나쁜 것을 '아니 불/부(不)' 자를 붙여 '불운'이라고 해요.

지구의 운동, 공전과 자전

과학에서 '운동'이라는 말은 물체의 위치가 시간에 따라 움직이면서 변하는 것을 뜻해요. 우리가 살고 있는 지구도 쉴 새 없이 운동하고 있어요. 낮과 밤, 계절을 만들어 내는 지구의 운동에 대해 알아보아요.

공전		지구는 태양을 중심으로 운동하고 있어요. 이렇게 지구가 태양 주변을 도는 것을 '공전'이라고 하는데, 지구가 태양을 한 바퀴 공전하는 데는 일 년이 걸려요. 지구가 자전축이 기울어진 상태로 태양 주변을 공전하기 때문에 우리나라에는 봄, 여름, 가을, 겨울 사계절이 생겨나지요.
자전		지구는 태양 주변을 도는 동시에 자전축을 중심으로 스스로 돌기도 해요. 이것을 '자전'이라고 하지요. 그럼 지구가 자전하는 데에는 시간이 얼마나 걸릴까요? 꼬박 하루가 걸립니다. 지구가 자전하는 운동으로 낮과 밤이 생겨요.
달의 공전		지구가 태양 주위를 돌 듯이 지구 주변에도 지구를 중심으로 돌고 있는 위성이 있어요. 바로 달이지요. 달이 지구 한 바퀴를 공전하는 데 걸리는 시간은 대략 한 달이에요. 그런데 달은 공전 주기와 자전 주기가 같아서, 우리는 항상 달의 같은 면만 볼 수 있지요.

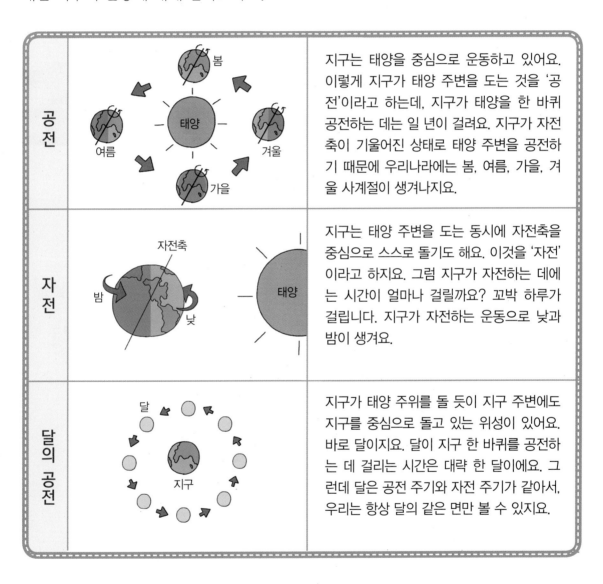

'땅 지(地)'와 '공 구(球)' 자가 합쳐진 '지구'는 한자어 그대로 풀이하면 '공 모양의 땅'이라는 뜻이에요. 자연 현상들과 하늘의 별을 관찰하면 지구가 둥글다는 사실을 알아낼 수 있어요. 고대 그리스의 철학자 아리스토텔레스는 월식 때 달에 비친 지구의 그림자를 보고 지구가 둥글다는 것을 알아냈다고 해요.

1 밑줄 친 낱말의 '운' 자에 다른 한자가 쓰인 것을 골라 보세요. (   )

① 이번 **운동** 경기에서 우리가 이기고 있어.

② 맞아, **기운**을 내서 열심히 응원하자!

③ 계속 **행운**이 이어지는 걸 보니 청군이 이길 운명인가 봐.

④ 행운이나 운명을 **운운**하는 건 좋지 않다고 생각해.

2 빈칸에 공통으로 들어갈 낱말을 골라 (   ) 안에 번호를 써 보세요.

(1) (   ) : 독립[   ], 불매 [   ], 시민[   ]

(2) (   ) : 해상 [   ], 항공 [   ], 화물 [   ]

(3) (   ) : [   ] 체제, [   ] 위원회, 흑자 [   ]

(4) (   ) : [   ]면허증, 버스 [   ], [   ]기사

① 운송   ② 운동   ③ 운영   ④ 운전

3 속뜻 짐작 글을 읽고, 빈칸에 공통으로 들어갈 낱말을 찾아보세요. (   )

(1) 흙, 모래, 자갈 등이 바람이나 물살의 힘으로 다른 곳에 옮겨 가는 일을 [   ] 작용이라고 해요.

(2) 벌목한 목재는 강을 통해 목제 공장까지 [   ]되었다.

(3) 한국 전쟁 당시 '지게 부대'는 보급품을 지게에 지고 [   ]했다.

① 운반   ② 운세   ③ 운수   ④ 운항

여러분은 운세를 믿나요? 아니면 특별히 믿는 미신이 있나요?
미신과 관련된 영어 단어를 알아보아요.

superstition

과학적이거나 합리적인 근거가 없음에도 사람들이 흔히 믿는 것들을 superstition(미신)이라고 해요. 예를 들어 '밤에 휘파람을 불면 뱀이 나온다.' 같은 경우예요. 미신과 비슷한말로 taboo(금기)가 있어요. taboo는 절대로 해서는 안 되는 일에 대한 미신이에요. 예를 들어 '밤에 손톱을 깎으면 안 된다.' 등이 있지요.

I주 3일
학습 끝!

붙임 딱지 붙여요.

good-luck charm

네 잎 클로버처럼 지니고 있으면 행운을 준다고 믿는 물건을 good-luck charm(행운의 부적)이라고 해요. 또 행운을 불러오기보다는 잡귀를 쫓고 재앙을 막기 위한 charm(부적)도 있어요. 주로 종이 위에 붉은색으로 글씨를 쓰거나 그림을 그린 형태예요.

QR 찍고 발음 듣기

궁(宮)이 들어간 낱말 찾기

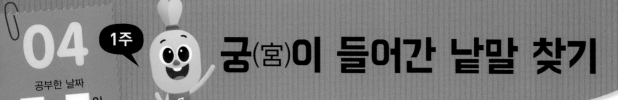

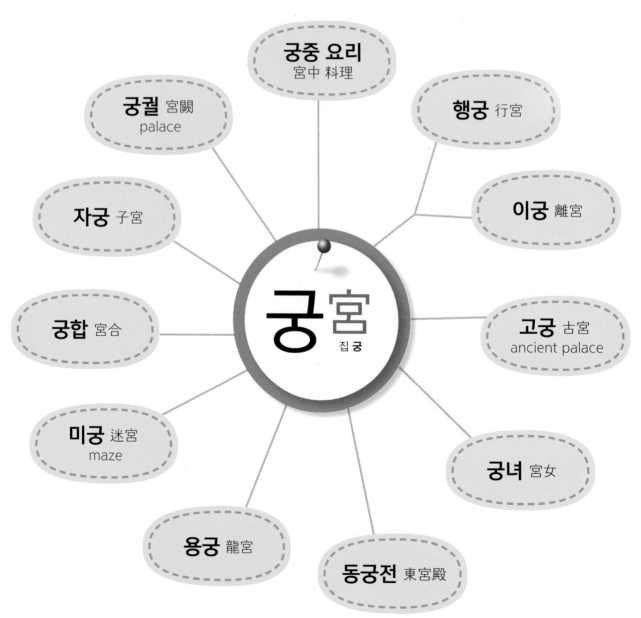

1 그림을 보고, 설명하는 낱말을 찾아 ○ 하세요.

궁중 요리

동궁전

용궁

궁녀

궁합

미궁

2 밑줄 친 낱말의 뜻을 찾아 선으로 이어 주세요.

아기는 **자궁**에서 10개월 동안 자란 뒤, 세상으로 나와.	옛날에 지어진 궁궐
자라는 토끼를 속여서 **용궁**으로 데리고 갔어.	옛날이야기에 나오는 용왕이 사는 바닷속 궁궐
경복궁, 덕수궁 같은 **고궁**에는 관광객들이 많아.	엄마 배 속에 있는 아기집

궁궐
宮(집 궁) 闕(집 궐)

왕이 나라를 다스리면서 살던 집을 '집 궁(宮)'과 '집 궐(闕)' 자가 합쳐진 궁궐이라고 해요. '임금 왕(王)' 자를 붙여 '왕궁'이라고도 하고, '대궐/큰 집 전(殿)' 자를 붙여 '궁전'이라고도 해요.

궁중 요리
宮(집 궁) 中(가운데 중) 料(헤아릴 료/요) 理(다스릴 리/이)

예전에 궁중에서 먹던 음식을 궁중 요리라고 해요. 왕과 왕비에게 올리는 밥상을 '수라상'이라고 하는데, 수라상에는 가장 좋은 재료로 정성껏 요리한 밥과 반찬이 올라갔다고 해요.

행궁/이궁
行(다닐 행) 宮(집 궁) 離(떠날 리/이)

임금이 궁궐 밖으로 나들이할 때 잠깐 머무는 곳을 행궁이라고 해요. '떠날 리/이(離)' 자를 붙여 이궁이라고 부르거나, 특별히 따로 지은 궁궐이라는 뜻으로 '별궁'이라고 부르기도 했어요.

고궁
古(예 고) 宮(집 궁)

옛(예 고, 古) 궁궐(집 궁, 宮)을 고궁이라고 해요. 현재 서울에 남아 있는 고궁은 조선 시대에 만들어진 경복궁, 창경궁, 덕수궁 등이에요.

궁녀
宮(집 궁) 女(여자 녀/여)

궁궐에서 일하던 여자(여자 녀/여, 女)인 나인을 궁녀라고 해요. 옷을 만들고 세숫물을 준비하는 궁녀, 식사를 준비하는 궁녀, 왕이 수라를 들기 전에 음식에 독이 들어 있는지 확인하는 궁녀도 있었지요.

동궁전
東(동녘 동) 宮(집 궁) 殿(대궐/큰 집 전)

'동궁'은 동쪽(동녘 동, 東)에 있는 궁궐이라는 뜻이에요. 세자는 다음 왕이 될 사람이니 떠오르는 해와 같다고 여겨서 동쪽 궁궐에서 지냈지요. 그래서 세자가 머무는 궁궐을 동궁전이라고 부르게 되었어요.

용궁
龍(용 룡/용) 宮(집 궁)

옛날이야기에 나오는 용왕이 사는 바닷속 궁궐을 용궁이라고 해요. 용왕의 병을 고치려고 자라가 토끼를 찾아 나서는 〈별주부전〉과 아버지의 눈을 뜨게 하기 위해 효녀 심청이 인당수에 빠지는 〈심청전〉에도 나와요.

미궁
迷(미혹할 미) 宮(집 궁)

한번 들어가면 쉽사리 빠져나올 수 없는 곳이나 쉽게 해결하지 못하는 상태를 '미혹할 미(迷)' 자를 붙여 미궁이라고 해요.

궁합
宮(집 궁) 合(합할 합)

궁합은 결혼할 남자와 여자가 서로 잘 맞는지 살펴보는 것을 말해요. 서로 마음이 맞아 아주 친하게 지내는 관계나, 어떤 것들이 서로 잘 어울릴 때 '찰떡궁합'이라고 하지요.

자궁
子(아들 자) 宮(집 궁)

여성의 배 속에 있는 아기집을 '아들 자(子)' 자를 붙여 자궁이라고 해요. 아기는 태어날 때까지 엄마의 자궁 속에서 엄마와 연결된 탯줄로 영양분을 공급받으며 자라요.

아름다운 조선의 궁궐

우리나라 수도인 서울은 삼국 시대에는 백제의 수도 '한성', 조선 시대에는 조선의 수도 '한양'으로 불렸어요. 대부분의 궁궐은 사라졌지만, 조선 시대에 지어진 5개의 궁궐은 아직까지 남아 있어요. 조선의 5대 궁궐에 대해 알아보아요.

경복궁 태조 때 지은 궁궐로, 정도전이 새 왕조가 만년토록 큰 복을 누리고 번성하라는 뜻을 담아 '경복궁'이라고 이름 지었어요.

창덕궁 조선의 5대 궁궐 중에서도 후원이 아름다운 궁궐이에요. 유네스코 세계 문화유산으로 지정되었어요.

경희궁 광해군 때 지은 궁궐로, 처음에는 '경덕궁'이라고 했다가 영조 때부터 '경희궁'으로 고쳐 불렀어요.

창경궁 성종 때 지은 궁궐로, 살아 있는 세 왕후(세조, 덕종, 예종의 왕후)의 거처를 위해 지은 궁궐이에요. 일제 강점기에는 잠시 '창경원'으로 불리기도 했어요.

덕수궁 처음에는 행궁이었다가 조선 말에 궁궐로 갖춰졌어요. '정릉동 행궁', '경운궁'으로도 불렀어요.

33

1 가로·세로 열쇠를 잘 읽고, 빈칸에 알맞은 낱말을 써 보세요.

가로 열쇠

① 옛날 궁궐에서 만들어 먹던 음식

② 동쪽에 있는 궁궐이라는 뜻으로, 세자가 머물던 곳

세로 열쇠

① 왕이 살면서 나라를 다스리던 곳

② 옛날이야기에서 용왕이 살았다고 전해지는 바닷속 궁궐

2 다음 문장에서 (   ) 안에 들어갈 낱말을 찾아 번호를 써 보세요.

(1) 옛날 궁궐에는 옷과 음식을 만들던 (   )들이 있었어.

(2) 이번 문제는 점점 (   )에 빠져들고 있어.

(3) 김치와 돼지고기는 정말 (   )이/가 잘 맞는 음식이야.

① 미궁   ② 궁녀   ③ 궁합

3 속뜻짐작 대화를 읽고, 왕이 명령한 것을 잘 이해한 사람을 찾아보세요. (   )

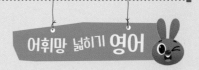

다른 나라에도 왕이 사는 궁궐이 있었어요.
중세 유럽의 궁궐이나 성에는 어떤 사람들이 살았는지 영어로 알아볼까요?

palace

'궁궐'은 palace예요. royal palace 라고도 하지요.

1주 4일
학습 끝!

붙임 딱지 붙여요.

royal family

왕과 왕비, 왕자와 공주를 '왕족'이라고 하고, 영어로는 royal family라고 해요.

noble

정치적, 사회적으로 특권을 가진 '귀족'을 noble이라고 해요. 귀족들은 자신의 성을 가지고 있었어요.

knight

왕족을 지키는 '기사'를 knight라고 해요. 갑옷을 입고 늠름하게 성을 지켰어요.

serf

'영주의 지배를 받는 농민들'을 serf라고 해요. 주로 영주의 농토에서 농사를 지었어요.

QR 찍고 발음 듣기

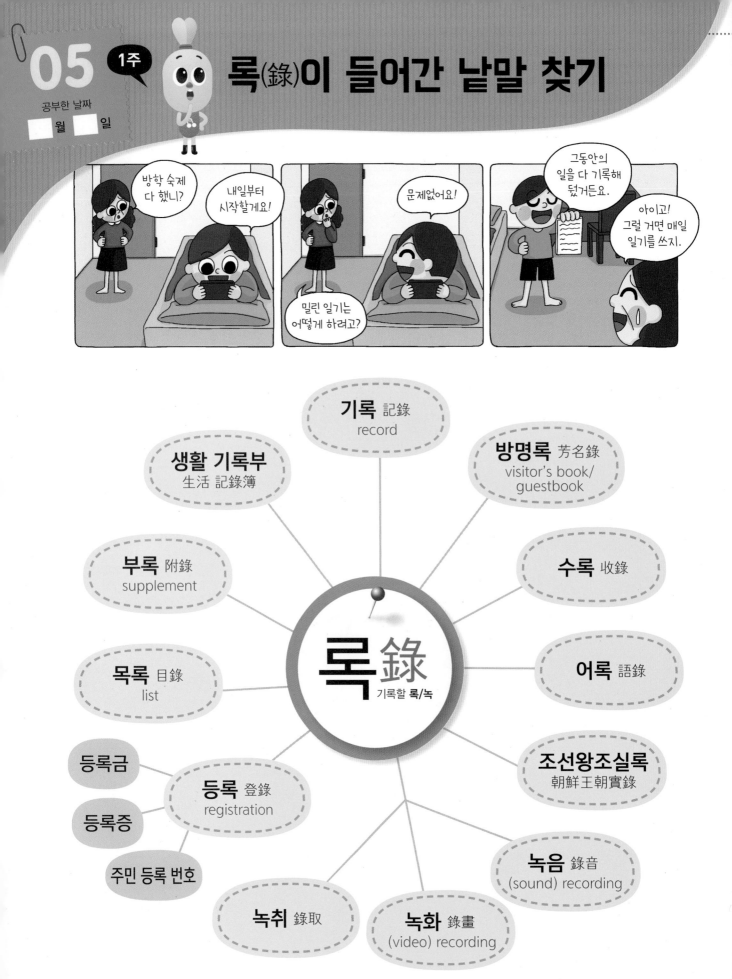

1 아래 설명을 읽고, 낱말 판에서 알맞은 낱말을 찾아 색칠해 보세요. 모두 색칠해
서 나온 숫자는 무엇인가요? (   )

초록	어록	녹음	기록	기력
고려왕조실록	조선왕조실록	녹취	녹화	기로
순록	방명록	목록	등록	도록
신록	비망록	녹초	생활 기록부	주민 등록 번호
녹록	녹두	녹지	수록	등록증
상록	기대	녹조	부록	영수증

① 경험한 것이나 생각을 적어 두는 것

② 방문한 사람들의 이름을 적어 둔 문서

③ 글이나 사진 등을 책이나 잡지에 싣는 것

④ 유명한 사람들의 말을 간추려 모은 기록

⑤ 소리를 되살려 들을 수 있게 기록하는 것

⑥ 조선의 역사를 적은 책

⑦ 자격을 갖기 위해 문서를 올리는 것

⑧ 책이나 잡지의 추가 기록이나 책자

⑨ 학생의 성적이나 특성 등을 적은 문서

⑩ 움직임을 비디오 기기 등에 담아 두는 것

2 동물들이 끝말잇기를 하고 있어요. 앞뒤 글자를 잘 살펴보고, 빈칸에 어울리는 낱
말을 써 보세요.

생활 기록부
生(날 생) 活(살 활) 記(기록할 기)
錄(기록할 록/녹) 簿(문서 부)

학생의 성적이나 행동 특성 등을 기록한 문서를 **생활 기록부**라고 해요. 학생을 올바르게 지도하고, 더 잘 이해하기 위한 자료로 활용해요.

기록
記(기록할 기) 錄(기록할 록/녹)

어떤 사실을 적는 것을 **기록**이라고 해요. 보고 듣고 겪은 일이나 결과, 생각 등을 나중에도 알 수 있도록 남겨 두는 것이지요. 아주 옛날에는 나무나 돌, 가죽 등에 기록했어.

방명록
芳(꽃다울 방) 名(이름 명)
錄(기록할 록/녹)

어떤 장소를 방문한 사람들의 이름을 기록한 문서를 **방명록**이라고 해요. 꽃다운(꽃다울 방, 芳) 이름(이름 명, 名)의 기록이라는 뜻으로 참석한 사람들을 특별히 기념하기 위한 것이에요.

수록
收(거둘 수) 錄(기록할 록/녹)

글이나 사진 등을 책이나 잡지에 모아서(거둘 수, 收) 싣는 것을 **수록**이라고 해요. 어떤 책에 여러 편의 시와 사진 등을 모아 놓는 경우 '시와 사진을 수록했다.'라고 말해요.

어록
語(말씀 어) 錄(기록할 록/녹)

위인이나 유명한 사람들의 말(말씀 어, 語)을 간추려 모은 기록을 **어록**이라고 해요. 유교 경전인 〈논어〉는 공자와 그의 제자들이 나눈 대화를 기록한 어록으로 공자의 사상이 담겨 있어요.

조선왕조실록
朝(아침 조) 鮮(고울 선) 王(임금 왕)
實(열매 실) 錄(기록할 록/녹)

임금이 나라를 다스리는 동안의 일을 기록한 것을 '실록'이라고 해요. 조선왕조실록은 태조 때부터 철종 때까지 조선 왕조의 역사를 기록한 책이에요. 1997년에 유네스코 세계 기록 유산으로 지정되었어요.

녹음/녹화
錄(기록할 록/녹) 音(소리 음)
畫(그림 화)

소리를 저장 장치에 기록하는 것은 **녹음**, 사물, 사람, 동물의 움직임이나 모습을 저장 장치에 기록하는 것은 **녹화**라고 해요. 녹음한 것을 글로 기록한 것은 '녹취'라고 하지요.

등록
登(오를 등) 錄(기록할 록/녹)

허가나 인정을 받으려고 문서를 올리는(오를 등, 登) 것을 **등록**이라고 해요. 등록할 때 내는 돈은 '등록금', 등록을 증명하는 문서는 '등록증'이라고 하지요. 국가가 국민에게 부여하는 번호는 '주민 등록 번호'예요.

목록
目(눈 목) 錄(기록할 록/녹)

'눈 목(目)' 자에는 '제목'이라는 뜻도 있어요. 그래서 물건의 이름이나 책의 제목을 차례대로 적은 것을 **목록**이라고 해요. '도서 목록', '상품 목록' 등으로 써요.

부록
附(붙을 부) 錄(기록할 록/녹)

본문 끝에 덧붙이는(붙을 부, 附) 문서나 책을 **부록**이라고 해요. 또는 책이나 잡지에 덤으로 끼워 주는 수첩이나 가계부 등도 부록이라고 하지요.

우리나라의 세계 기록 유산

유네스코에서는 인류에게 소중한 기록을 '세계 기록 유산'으로 정하여 보전하고 있어요. 예로부터 우리나라는 기록을 매우 중요하게 생각했어요. 그래서 우리나라에는 세계가 부러워하는 자랑스러운 세계 기록 유산들이 많이 있지요. 우리나라의 대표적인 세계 기록 유산을 알아볼까요?

조선 왕조 의궤

'조선 왕조 의궤'는 국가와 왕실의 중요한 행사에 관한 내용을 기록한 문서예요. 나라에서 큰일을 치를 때마다 어떤 절차로 진행했는지 그 과정을 글과 그림으로 상세히 기록했지요.

승정원일기

조선 시대 일기 중에서 그 양이 많아 세계가 깜짝 놀란 일기가 있어요. 바로 왕의 비서실인 승정원에서 여러 문서와 사건을 기록한 '승정원일기'예요. 현재 남아 있는 일기의 글자 수만 약 2억 4천만 자라고 해요.

조선왕조실록

조선 제1대 태조부터 제25대 철종까지 472년 동안 조선 왕조의 역사를 기록한 책이에요. '조선왕조실록'은 정치·경제·사회·문화 등 다방면에 걸쳐 조선 시대를 이해하는 데 중요한 역사 기록물이지요.

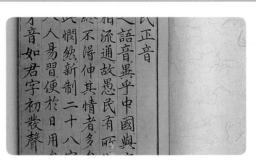

훈민정음해례본

'훈민정음해례본'은 세종 대왕이 훈민정음을 만든 원리와 사용 방법을 기록한 한문 해설서예요. 글자의 생성 원리와 과정을 알 수 있는 세계에 하나밖에 없는 기록으로, 전 세계가 그 가치를 인정하고 있어요.

1 밑줄 친 낱말의 뜻을 찾아 선으로 이어 주세요.

생방송을 못 봐서
방송을 **녹화**해 두었어.

물건이나 책 등의
이름을 차례대로 적은 것

헬스장에 **등록**을 했으니
열심히 운동할 거야.

움직임을 비디오카메라 등의
기계에 기록하는 것

갖고 싶은 것들을
목록으로 정리해 봤어.

허가나 인정을 얻기 위해
문서를 올리는 것

2 빈칸에 들어갈 낱말을 순서대로 짝 지은 것을 찾아보세요. (　　　)

　㉮　에는 학생의 성적, 정서 발달 사항 등이 적혀 있다.

대한민국 국민은 누구나 법으로 정해진 고유한　㉯　을/를 받는다.

　㉰　은/는 태조부터 철종에 이르기까지 조선의 역사를 기록한 책이다.

① ㉮ 생활 기록부, ㉯ 주민 등록 번호, ㉰ 조선왕조실록
② ㉮ 생활 기록부, ㉯ 조선왕조실록, ㉰ 주민 등록 번호
③ ㉮ 주민 등록 번호, ㉯ 생활 기록부, ㉰ 조선왕조실록
④ ㉮ 조선왕조실록, ㉯ 주민 등록 번호, ㉰ 생활 기록부

3 속뜻 짐작 대화를 읽고, (　　　) 안에서 알맞은 낱말을 골라 ○ 하세요.

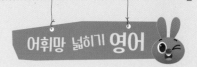

'주민 등록증'은 나의 신분을 증명해 주는 신분증이에요.
주민 등록증을 비롯해 신분증으로 사용할 수 있는 여러 등록증을 영어로 알아볼까요?

driver's license

driver's license(운전면허증)는 자동차와 같은 이동 수단을 운전할 수 있음을 증명해 주는 문서예요. 운전자의 중요한 신분 정보가 기록되어 있기 때문에, 비상 상황에 대비해 항상 가지고 다녀야 해요.

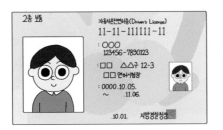

passport

passport(여권)는 외국을 여행하고자 하는 국민에게 정부가 발급해 주는 증명 서류예요. 여권은 외국에서 여행자의 국적과 신분을 증명하고, 그 나라에서 보호받을 수 있게 해 주는 중요한 문서예요.

1주 5일
학습 끝!

붙임 딱지 붙여요.

identity card

identity card는 '신분증'으로, 우리나라의 대표 신분증은 '주민 등록증'이에요. 주민 등록증은 대한민국 국민의 한 사람으로서 국내에 거주하고 있음을 증명하는 문서예요. 모든 국민은 주민 등록증에 고유의 주민 등록 번호가 있어요. 미국에도 신분을 증명할 수 있는 일종의 '주민 등록 번호'인 social security number(사회 보장 번호)가 있어요.

여럿 가운데 가장 뛰어난 것, '백미'

중국의 삼국 시대, 촉한에 마씨 오 형제가 살았어요.

마씨 오 형제는 모두 이름에 '항상 상(常)' 자를 써서 사람들이 '마씨오상'이라고 불렀지요.

계상
ㅇ상
ㅇ상
ㅇ상
유상
마량

마씨 오 형제 중에서 마량은 제갈공명과 친분이 두터웠어요.

마량은 재주가 뛰어나 유비의 책사로 활약했지요.

바람이 불 때는 동쪽을 조심하십시오.

관우가 화살에 맞아 화타의 치료를 받을 때, 같이 바둑을 두었던 사람도 마량이었어요.

마량은 주변 나라였던 동오와 친선을 유지하고, 남만을 회유하는 데에도 공이 컸답니다.

우리 모두 친하게 지냅시다.

백미(흰 백 白, 눈썹 미 眉): 여럿 가운데 가장 뛰어난 사람이나 훌륭한 물건을 가리키는 말이에요.

사실 마량뿐만 아니라 마씨 형제들은 모두 촉한의 장수로 활약했어요. 하지만……

오 형제 다 훌륭하지만 그중 제일은 누구인가?

마량이 제일입니다.

그런데 마씨 오 형제는 모두 닮아서 누가 마량인지 구별하기 어려웠어요.

오 형제가 닮아서 구별하기 힘들던데…….

눈썹을 보시면 됩니다.

마량은 어릴 때부터 눈썹이 하얬지요.

흰 눈썹을 '백미'라고 하지요.

그래서 여럿 가운데 가장 뛰어난 사람이나 훌륭한 물건을 '백미'라고 부르게 되었답니다.

보(寶)가 들어간 낱말 찾기

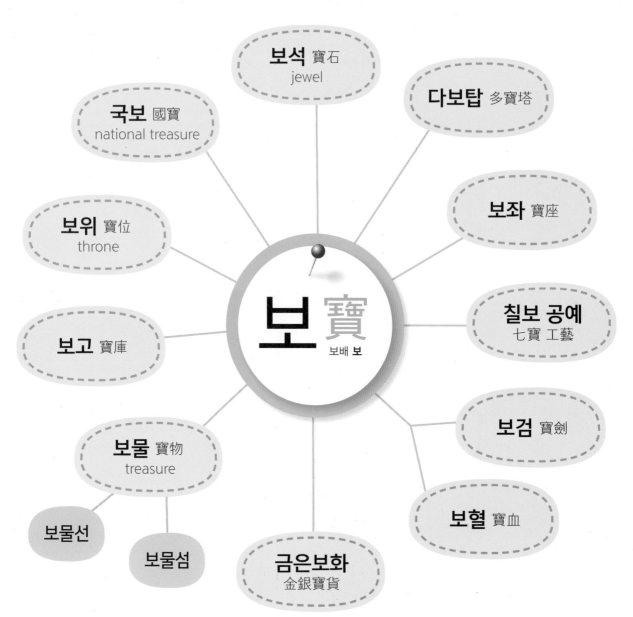

1 사다리를 타고 내려가서 낱말의 뜻을 확인해 보세요.

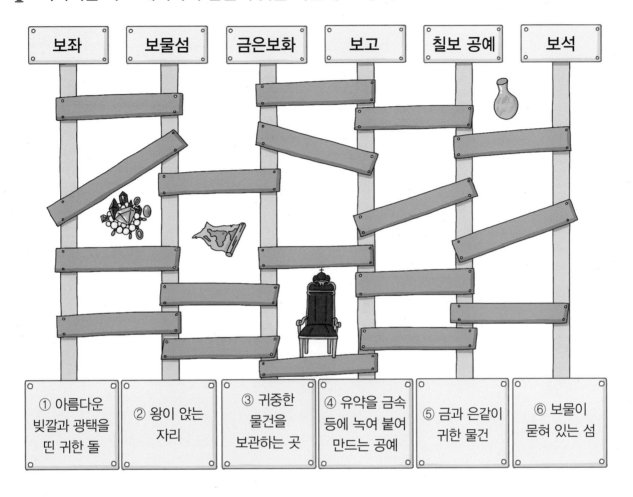

| 보좌 | 보물섬 | 금은보화 | 보고 | 칠보 공예 | 보석 |

① 아름다운 빛깔과 광택을 띤 귀한 돌

② 왕이 앉는 자리

③ 귀중한 물건을 보관하는 곳

④ 유약을 금속 등에 녹여 붙여 만드는 공예

⑤ 금과 은같이 귀한 물건

⑥ 보물이 묻혀 있는 섬

2 밑줄 친 설명에 해당하는 낱말을 초성을 참고해 써 보세요.

대통령이 조선 왕조의 **보배로운 칼**을 살펴봤어요.

그 탑에는 **보물이 많이 있는 탑**이라는 뜻이 있어요.

태조 이성계는 정종에게 **왕의 자리**를 물려주었어요.

ㅂ ㄱ

ㄷ ㅂ ㅌ

ㅂ ㅇ

국보
國(나라 국) 寶(보배 보)

나라(나라 국, 國)에서 보배로 정하여 보호하는 문화재를 국보라고 해요. 한 집안(집 가, 家)에 대대로 전해 오거나 전해질 보배로운 물건은 '가보'라고 하지요.

보석
寶(보배 보) 石(돌 석)

보석은 보배로운(보배 보, 寶) 돌(돌 석, 石)이라는 뜻이에요. 아름다운 빛깔과 광택이 있는 희귀한 돌을 의미하지요. 보석은 목걸이나 반지 같은 장신구를 만드는 데 주로 사용돼요.

다보탑
多(많을 다) 寶(보배 보) 塔(탑 탑)

불국사 다보탑은 많은(많을 다, 多) 보물이 있는 탑이라는 뜻이에요. 통일 신라 시대에 만들어진 다보탑은 뛰어난 아름다움으로 우리나라 국보 제20호로 정해졌어요.

보좌
寶(보배 보) 座(자리 좌)

왕이 앉아 나라를 다스리는 자리(자리 좌, 座)를 보좌라고 해요. 비슷한말로 '어좌', '왕좌', '옥좌', '용상' 등이 있어요. 왕은 보좌에 앉아 신하들과 어떻게 나라를 다스릴지 논의했어요.

칠보 공예
七(일곱 칠) 寶(보배 보)
工(장인 공) 藝(재주 예)

금, 은, 구리 같은 바탕 위에 알록달록한 유약을 발라 꽃이나 새 등의 무늬를 새긴 공예품을 칠보 공예라고 해요. 일곱 가지(일곱 칠, 七) 보물 같은 색이 난다고 해서 '칠보'라고도 하지요.

보검/보혈
寶(보배 보) 劍(칼 검)
血(피 혈)

보배로운 칼(칼 검, 劍)을 보검이라고 해요. 예전에 나라의 행사 때 사용하던 칼도 보검이라고 했어요. 보혈은 보배로운 피(피 혈, 血)로, 예수가 인간을 죄에서 구하려고 십자가에서 흘린 피를 뜻해요.

금은보화
金(쇠 금) 銀(은 은)
寶(보배 보) 貨(재화 화)

금(쇠 금, 金)과 은(은 은, 銀) 같은 귀한 물건(재화 화, 貨)을 금은보화라고 해요. 〈흥부전〉에서 흥부가 주렁주렁 열린 박을 톱으로 잘랐을 때 그 안에서 금은보화가 쏟아져 나왔지요.

보물
寶(보배 보) 物(물건 물)

아주 귀하고 값진 물건(물건 물, 物)을 보물이라고 해요. 보물을 실은 배는 '보물선', 보물이 묻힌 섬은 '보물섬'이라고 하지요. 또 보물의 위치가 표시된 지도는 '보물 지도'라고 해요.

보고
寶(보배 보) 庫(곳간 고)

보물처럼 귀중한 물건을 간직해 두는 곳(곳간 고, 庫)을 보고라고 해요. 귀중한 것이 많이 나는 장소를 뜻하기도 하지요. '바다는 자원의 보고', '책은 지식의 보고'처럼 써요.

보위
寶(보배 보) 位(자리 위)

왕의 자리(자리 위, 位)를 보위라고 해요. 비슷한말로 '왕위'가 있어요. '보위에 올랐다.', '보위를 넘겨주었다.'라는 말은 각각 '왕의 자리에 올랐다.', '왕의 자리를 물려주었다.'라는 뜻이에요.

신라가 남긴 보물, 경주 불국사 다보탑

다보탑은 국보 제20호로 경주 불국사의 대웅전 앞뜰에 석가탑과 나란히 서 있는 돌탑이에요. 다보탑은 불교 경전인 〈법화경〉에서 이야기하는 탑의 형태를 그대로 재현한 것으로, 돌탑을 다룬 솜씨와 화려한 아름다움으로 높이 평가받고 있어요. 다보탑을 감상하면서 다보탑이 가지고 있는 비밀에 대해 알아보아요.

다보탑은 누가 만들었나요?
다보탑이 있는 불국사는 통일 신라 경덕왕 때 김대성이 크게 다시 세웠어요. 그러나 다보탑은 정확히 누가 만들었는지 알 수 없어요.

다보탑은 몇 층이에요?
다보탑은 한 탑 안에 4각, 8각의 원이 짜임새 있게 구성된 독특한 생김새를 하고 있어요. 단단한 돌을 다듬어 이토록 섬세한 탑을 만들었다는 게 놀랍지요. 그런데 다보탑은 복잡한 구조 때문에 아직도 정확한 층수를 헤아리기 어렵다고 해요.

다보탑에 있었다는 돌사자는 어디로 갔어요?
다보탑 계단 윗부분에는 돌사자가 한 마리 놓여 있어요. 그런데 원래 돌사자는 동서남북에 총 네 마리였대요. 그런데 일제 강점기에 일본인들이 세 마리를 훔쳐 가서 한 마리만 외롭게 남겨진 것이지요.

사진 속의 탑 이름은 무엇일까요?

경주 불국사 다보탑이에요!

낱말상식 톡

'보배 보(寶)' 자는 집 안에 구슬과 귀한 보물이 항아리 가득 들어 있는 모습을 본떠 만든 글자예요. '구슬이 서 말이어도 꿰어야 보배'라는 속담을 들어 본 적 있나요? 아무리 훌륭하고 좋은 것이라도 다듬고 잘 활용해야 가치가 있음을 비유적으로 나타낸 말이지요.

1 필요 없는 글자에 X 해서 ( ) 안에 들어갈 낱말을 만드세요.

세상에서 가장 단단한 ( )은/는 다이아몬드예요.

흥인지문은 우리나라 ( ) 제1호예요.

왕이 앉는 ( )은/는 귀한 재료로 만들었어요.

보	혈	초	석

보	도	물	체

보	검	좌	우

2 초성을 참고해 빈칸에 알맞은 낱말을 써 보세요.

(1) 서울 숭례문이 [　] 제1호로 적합한지를 묻는 질문에 문화재청은 "[　]의 번호는 중요도와 가치의 순위가 아니라 단순히 지정 순서대로 붙인 번호이다."라고 설명했다.

ㄱ	ㅂ

(2) 전시되어 있는 이 칼은 옛날 장수들이 귀하게 여기며 사용했던 [　]입니다.

ㅂ	ㄱ

3 속뜻 짐작 대화 속 빈칸에 들어갈 낱말을 글자 판에서 찾아 ○ 하세요.

그거 무슨 책이야?

[　]은 본보기가 될 만한 귀중한 일이나 사물이라는 뜻이야.

〈명심[　]〉이란 책이야.

가	보	서
금	감	동

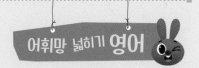

단단하고 아름다운 보석에도 여러 가지 종류가 있어요.
보석의 다양한 종류를 영어로 알아볼까요?

diamond

보석의 황제는 '다이아몬드'예요. diamond 는 승리와 변하지 않는 사랑을 상징해서 청혼할 때 다이아몬드 반지를 선물하기도 하지요.

gold

대표적인 귀금속인 '금'은 gold라고 해요. 금은 아주 오래전부터 보물로 여겨졌으며, 화폐로도 사용했어요. 오늘날에도 화폐로서 그 가치를 인정받고 있어요.

2주 1일
학습 끝!

붙임 딱지 붙여요.

silver

순수하고 신비로운 광택이 나는 귀금속인 '은'은 silver라고 해요. 열을 가하면 얇게 펴지는 성질이 있어, 고대 무덤에서 은박을 입힌 장신구가 많이 발견되었어요. 또한 '은'은 돈으로도 쓰였는데, 이 돈을 silver coin(은화)이라고 해요.

pearl

pearl은 '진주'를 뜻해요. 다른 보석과 달리 진주는 살아 있는 조개 안에 이물질이 들어 왔을 때 오랜 세월 그것을 품어서 보석으로 변화시킨 것이에요.

QR 찍고 발음 듣기

사(私)가 들어간 낱말 찾기

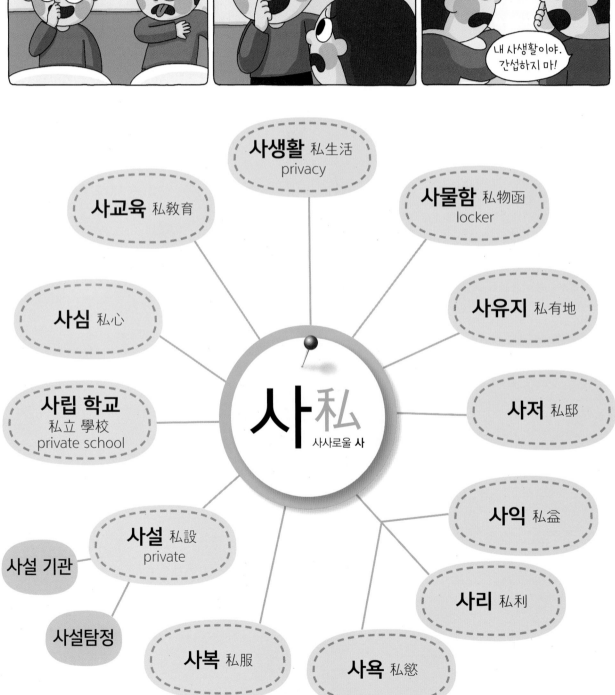

1 문장을 읽고, ( )에서 알맞은 낱말을 찾아 ○ 하세요.

① 학교에서 자기 물건을 넣어 두는 곳은 (**사물함** / **사서함**)이에요.

② 개인적인 일상생활을 일컫는 말은 (**사사건건** / **사생활** / **사찰**)이에요.

③ 학교가 아닌 다른 곳에서 받는 교육은 (**사교육** / **사제품** / **공교육**)이에요.

④ 자기만의 사사로운 이익은 (**공익** / **사익** / **사욕**)이에요.

⑤ 개인이 부탁한 사건을 조사하는 사람은 (**사설탐정** / **사설 기관**)이에요.

⑥ 정해진 옷이 아니라 자유롭게 입는 옷은 (**제복** / **사복** / **정복**)이에요.

⑦ 개인이 설립한 교육 기관은 (**사립 학교** / **공립 학교** / **국립 학교**)예요.

⑧ 개인이 소유한 저택은 (**사저** / **관저** / **고택**)(이)라고 해요.

⑨ 개인이 소유하고 있는 땅은 (**전유지** / **사유지** / **국유지**)예요.

⑩ 자기 욕심을 채우려는 마음은 (**공심** / **사연** / **사심**)이에요.

51

사교육
私(사사로울 사) 敎(가르칠 교)
育(기를 육)

학교가 아닌 곳에서 개인적으로 받는 교육을 **사교육**이라고 해요. 상대어는 '공평할 공(公)' 자가 합쳐진 '공교육'이에요. 사교육은 공교육을 보충하기 위한 것으로, 지나친 사교육는 오히려 해가 될 수 있어요.

사생활
私(사사로울 사) 生(날 생)
活(살 활)

개인적인(사사로울 사, 私) 일상생활을 **사생활**이라고 해요. 사생활은 그 사람의 허락 없이는 보거나 공개할 수 없으며 침해해서도 안 돼요.

사물함
私(사사로울 사) 物(물건 물)
函(함 함)

개인 물건(물건 물, 物)을 넣어 두는 보관함(함 함, 函)을 **사물함**이라고 해요. 사물함은 다른 사람이 함부로 열면 안 돼요.

사유지
私(사사로울 사) 有(있을 유)
地(땅 지)

사유지는 개인(사사로울 사, 私)이 소유하고 있는(있을 유, 有) 땅(땅 지, 地)이라는 뜻이에요. 국가가 소유한 땅은 '나라 국(國)' 자를 써서 '국유지'라고 해요.

사저
私(사사로울 사) 邸(집 저)

사저는 개인의 저택이에요. 나라에서는 높은 자리에 있는 관리(벼슬 관, 官)에게 살 집을 마련해 주는데, 이런 집을 '관저'라고 해요. 사저는 관저에 상대하여 이르는 말로, '대통령이 퇴임 후 머물 사저'처럼 써요.

사익/사리
私(사사로울 사) 益(더할 익)
利(이로울 리/이)

개인의 이익(더할 익, 益)을 **사익**이라고 해요. 상대어는 사회 전체의 이익을 뜻하는 '공익'이에요. 비슷한말로 '이로울 리/이(利)' 자를 붙인 **사리**가 있고, 자신의 이익만을 꾀하는 욕심(욕심 욕, 慾)인 '사욕'이 있지요.

사복
私(사사로울 사) 服(옷 복)

자유롭게 입는 옷(옷 복, 服)을 **사복**이라고 해요. 규정에 따라 입는 옷은 '제복'이나 '관복'이라고 하지요. '사복형사'는 경찰관 신분을 숨기기 위해 사복을 입고 근무하는 경찰관을 말해요.

사설
私(사사로울 사) 設(베풀 설)

개인이 설립한 시설을 **사설**이라고 해요. 개인이 세운 기관은 '사설 기관', 개인이 세운 도서관은 '사설 도서관', 개인적으로 활동하는 탐정은 '사설탐정'이라고 하지요.

사립 학교
私(사사로울 사) 立(설 립/입)
學(배울 학) 校(학교 교)

개인(사사로울 사, 私)이 세운(설 립/입, 立) 학교를 **사립 학교**라고 해요. 나라(나라 국, 國)가 세운 학교는 '국립 학교', 지방 자치 단체가 세운 학교는 '공평할 공(公)' 자를 붙여 '공립 학교'라고 하지요.

사심
私(사사로울 사) 心(마음 심)

자신의 욕심을 채우려는 마음(마음 심, 心)을 **사심**이라고 해요. 공공의 이익을 생각하기보다 자기중심적인 마음인 '이기심'과 비슷하지요.

사생활을 지키는 개인 정보 보호 방법

　이름, 전화번호, 주소, 주민 등록 번호, 사진같이 개인과 관련된 정보를 '개인 정보'라고 해요. 그런데 개인 정보가 유출되면 다른 사람에게 사생활이 노출될 수 있고, 금전적인 손해를 볼 수도 있어요. 소중한 개인 정보가 유출되지 않도록 보호하는 방법에 대해서 알아보아요.

〈개인 정보 유출을 예방하는 방법〉

① 이메일, SNS, 인터넷 쇼핑몰 등의 비밀번호는 생일과 전화번호같이 쉽게 알 수 있는 것을 사용하지 않고, 일정 기간마다 바꿔야 해요.

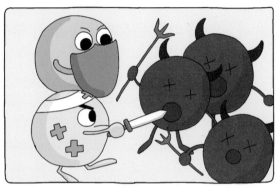

② 컴퓨터 백신으로 바이러스 프로그램을 차단하고, 운영 체제를 제때 업데이트하여 컴퓨터 보안 관리를 철저히 해요.

③ 낯선 곳에서 온 이메일이나 첨부 파일은 함부로 열어 보지 않아요.

④ 주소나 이름, 전화번호 등이 적힌 우편물이나 택배 상자는 개인 정보 부분을 제거하고 버려요.

온라인 사회 관계망 서비스를 의미하는 Social Network Service를 줄여서 SNS라고 해요. SNS는 정보를 쉽고 빠르게 공유할 수 있다는 장점도 있지만, 지나친 사용으로 SNS 중독에 빠질 위험도 있어요.

1 잘못 쓴 낱말을 찾아 밑줄을 긋고, 그 자리에 알맞은 낱말을 골라 번호를 쓰세요.

(1) 이 땅은 개인이 소유하고 있는 공유지라서 함부로 들어가서는 안 돼. (　　　)

(2) 공무원이 공익을 중요시 여겨서는 안 돼. (　　　)

(3) 범인을 잡기 위해 어떤 경찰관은 제복을 입어서 신분을 감춰. (　　　)

① 사익　　　　　　② 사복　　　　　　③ 사물함　　　　　　④ 사유지

2 속뜻 짐작 다음 문장에서 밑줄 친 부분에 어울리는 낱말을 골라 ○ 하세요.

(1) 원산 학사는 우리나라 최초로 **개인이 세운 학교**예요.

| 사립 학교 | 사원 | 사관 학교 | 사법 기관 |

(2) 허락 없이 **개인의 생활**을 침해하는 일이 늘어나 사회 문제가 되고 있어요.

| 사제품 | 사회생활 | 사유 재산 | 사생활 |

(3) **자신의 욕심을 채우려는 마음**을 버려야만 모두가 행복할 수 있어요.

| 사당 | 사심 | 사택 | 사견 |

3 속뜻 짐작 (　　　) 안에 들어갈 낱말을 찾아 번호를 쓰세요.

사사로운 이익과 자신의 욕심만을 채우는 걸 뭐라고 했더라?

이 고을 수령은 (　　　)을/를 채우는 데만 열중하고 있으니 엄한 벌로 다스리옵소서.

① 부귀영화　② 사리사욕

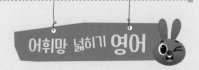

**'공과 사를 구분하다.'라는 말처럼 공과 사는 서로 대비되는 말이에요.
공과 사를 나타내는 말을 영어로 알아볼까요?**

private public

특정한 '개인의 소유'에는 private이라는 말이 붙어요. private school은 '사립 학교'를 말하지요. 다른 사람이 들어갈 수 없는 '사유지'에는 private property라는 안내판이 붙어 있어요.

public은 '공공의 영역'을 뜻하는 말로, 'go public'이라고 하면 '공개하다'라는 뜻이에요. 공공 기관을 나타낼 때도 public이라는 말을 붙여서, public library는 '공공 도서관'이라는 뜻이에요.

2주 2일
학습 끝!

붙임 딱지 붙여요.

personal community

많은 사람이 아닌 '개인에 관련된' 것을 표현할 때 personal이라는 말을 앞에 붙이기도 해요. personal opinion은 '개인적인 생각'이라는 뜻이고, personal use는 '개인적인 용도'라는 뜻이지요.

개인이 아닌 '공동체'를 일컫는 말에는 community가 있어요. 여러 사람을 위해 일하는 '공동체 도우미'를 community helper, '지역 주민들을 위해 세워진 건물'을 community center라고 해요.

그거 내 칫솔이야!

QR 찍고 발음 듣기

성(城)이 들어간 낱말 찾기

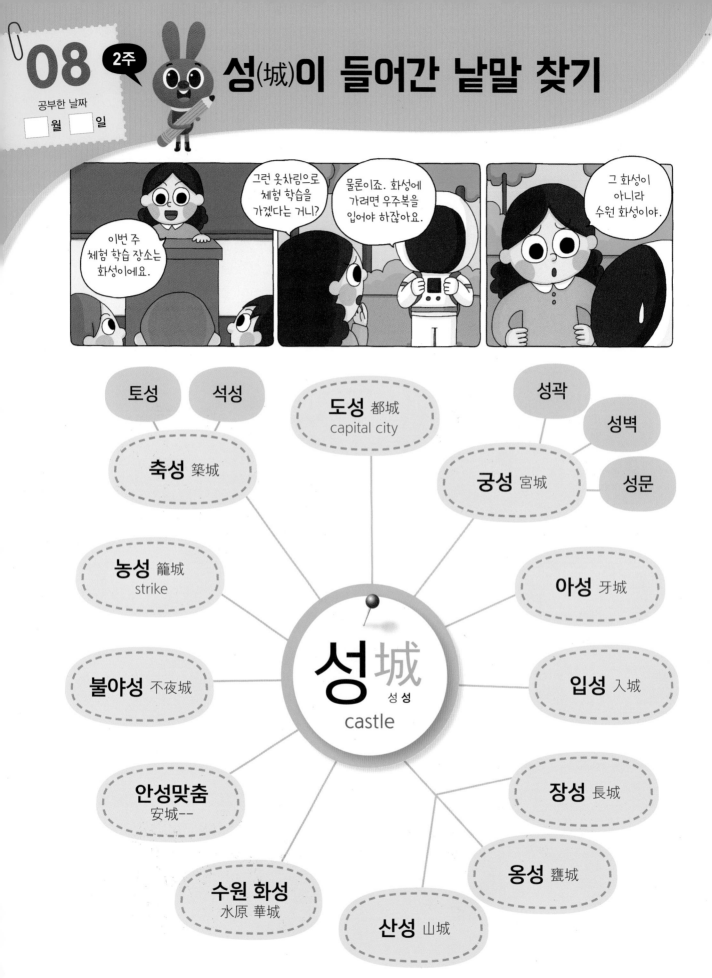

1 글자 칸에서 필요한 글자를 ○ 하여 설명에 알맞은 낱말을 만들어 보세요.

예
옛날에 한 나라의 수도를 일컫는 말

| (도) | 한 | (성) | 양 | 지 |

조선 정조 때 수원에 쌓은 성

| 수 | 원 | 장 | 화 | 성 |

성을 쌓아 올리는 것

| 신 | 거 | 축 | 공 | 성 |

밤에도 한낮처럼 밝은 곳을 이르는 말

| 불 | 야 | 만 | 성 | 지 |

아주 중요한 근거지를 비유적으로
이르는 말

| 아 | 중 | 대 | 본 | 성 |

성문을 굳게 닫고 지키는 것

| 농 | 옹 | 대 | 문 | 성 |

성을 둘러싼 외성과 내성을 함께 이르는 말

| 윤 | 벽 | 성 | 채 | 곽 |

흙으로 쌓은 성

| 석 | 토 | 책 | 목 | 성 |

길게 둘러쌓은 성

| 천 | 장 | 리 | 성 | 만 |

적의 성을 점령해 안으로 들어가는 것

| 점 | 개 | 입 | 문 | 성 |

축성
築(쌓을 축) 城(성 성)

성을 쌓아(쌓을 축, 築) 올리는 것을 **축성**이라고 해요. 몽촌 토성, 풍납 토성처럼 흙(흙 토, 土)으로 쌓은 성은 '토성', 돌(돌 석, 石)로 쌓은 성은 '석성'이라고 해요.

도성
都(도읍 도) 城(성 성)

옛날에는 한 나라의 수도(도읍 도, 都)를 **도성**이라고 불렀어요. 비슷한말로 '도읍'이 있지요. 견고하게 쌓아 올린 도성 안에는 왕의 궁궐과 함께 경제·문화·정치적으로 중요한 시설들이 있었어요.

궁성
宮(집 궁) 城(성 성)

임금이 사는 궁궐이 있는 성을 '집 궁(宮)' 자를 붙여 **궁성**이라고 해요. 궁성은 내성과 외성으로 이루어진 '성곽'으로 둘러싸여 있어요. '성벽'은 성곽의 벽을 말하고, 사람들이 드나드는 출입문(문 문, 門)은 '성문'이라고 해요.

아성
牙(어금니 아) 城(성 성)

우두머리 장수가 머무는 중요한 성은 깨뜨리기 어렵다는 뜻으로 '어금니 아(牙)' 자를 붙여 **아성**이라고 해요. 그래서 가장 중심이 되는 것을 무너뜨렸을 때 '아성을 깨뜨리다.', 아성을 무너뜨리다.'처럼 써요.

입성
入(들 입) 城(성 성)

성안으로 들어가는(들 입, 入) 것을 **입성**이라고 하는데, 전쟁에서 적의 도시를 점령하는 것을 뜻하기도 해요. 노력하여 어떤 분야로 나아가는 일도 '입성하다'라고 해요.

장성/옹성
長(긴 장) 城(성 성) 甕(독 옹)

장성은 적을 막기 위해 국경선을 따라 길게(긴 장, 長) 쌓은 성을, **옹성**은 성문을 지키기 위해 성문 밖에 항아리(독 옹, 甕) 모양으로 쌓은 작은 성을 말해요. 산 위에 쌓은 성은 '산성', 평지에 쌓은 성은 '평지성'이라고 해요.

수원 화성
水(물 수) 原(언덕/근본 원)
華(빛날 화) 城(성 성)

조선 정조 때 쌓은 **수원 화성**은 무척 아름다워서 '빛날 화(華)' 자를 붙여 이름을 지었어요. 신하들이 왜 성을 이토록 아름답게 쌓는지 묻자, 정조는 '아름다움이 강함을 이기느니라.'라고 대답했다고 해요.

안성맞춤
安(편안할 안) 城(성 성)

'안성'은 경기도 지역 가운데 하나로, 놋그릇인 유기 제품을 아주 잘 만드는 곳이에요. 그래서 물건이 마음에 쏙 들거나 쓰기 좋을 때 **안성맞춤**이라고 하지요. 조건이나 상황이 잘 맞을 때에도 안성맞춤이라고 해요.

불야성
不(아니 불/부) 夜(밤 야) 城(성 성)

한밤중에도 해가 뜬 것처럼 환한 성을 '아니 불/부(不)'와 '밤 야(夜)' 자를 합쳐서 **불야성**이라고 해요. 밤에도 번화한 거리를 비유하는 말로 써요.

농성
籠(새장 롱/농) 城(성 성)

어떤 목적을 이루기 위해 자리를 지키며 시위하는 것을 **농성**이라고 해요. 적이 성을 포위할 때 새장(새장 롱/농, 籠)같이 성문을 굳게 닫고 싸우는 모습에서 따온 말이에요.

정조의 수원 화성

조선 시대에 정조가 다산 정약용에게 수원 화성을 쌓도록 했어요. 수원 화성은 아름다울 뿐 아니라, 적의 공격을 막아 낼 수 있는 다양한 방어 시설까지 갖춘 훌륭한 성이에요. 유네스코 세계 문화유산으로 지정된 수원 화성의 요모조모를 함께 알아볼까요?

암문 수원 화성에는 성문 외에도 비상시에 출입하기 위한 비밀 통로인 암문이 다섯 개나 있어요.

장대와 각루 성곽을 한눈에 내려다보며 군사를 지휘하는 장대와 각루가 있어요.

화서문 · 장안문 · 화성 행궁 · 창룡문 · 팔달문

정약용은 수원 화성을 쌓기 위해 거중기를 만들었어.

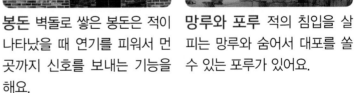

팔달문 수원 화성에는 북쪽의 장안문, 서쪽의 화서문, 동쪽의 창룡문, 남쪽의 팔달문, 이렇게 큰 문이 네 개 있어요. 문 밖에는 옹성이 있지요.

봉돈 벽돌로 쌓은 봉돈은 적이 나타났을 때 연기를 피워서 먼 곳까지 신호를 보내는 기능을 해요.

망루와 포루 적의 침입을 살피는 망루와 숨어서 대포를 쏠 수 있는 포루가 있어요.

낱말상식 톡

화성의 정문은 남쪽에 있는 팔달문인데, '사통하고 팔달하다'라는 뜻이 담겨 있어요. 길이 사방(넉 사, 四)으로 통하고(통할 통, 通), 팔방(여덟 팔, 八)으로 닿아(통달할 달, 達) 있다는 뜻이에요. 도로나 교통이 잘 발달되어 있는 요지라는 의미이지요.

1 밑줄 친 낱말에 알맞은 설명을 찾아 선으로 이어 주세요.

당나라 군사는 커다란 **토성**을 쌓아서 안시성을 공격하기 시작했어. •

• 적군이 넘어오지 못하게 국경선을 따라 길게 쌓은 성

고려는 천 리가 되는 긴 **장성**을 쌓아서 여진족과의 경계로 삼았어. •

• 흙으로 쌓은 성

정도전이 설계한 경복궁의 전각과 **궁성**에는 각각 뜻이 담겨 있어. •

• 임금이 사는 궁궐이 있는 성

2 빈칸에 들어갈 낱말을 순서대로 짝 지은 것을 찾아보세요. (　　　)

과거를 보기 위해 지방에 사는 선비들은 한양 ㉮ 으로 갔다.

그녀는 여성 입학 금지라는 오랜 ㉯ 을 깨고, 육군 사관 학교에 입학했다.

청년 창업자들이 문을 연 야시장은 밤마다 넘치는 손님으로 ㉰ 을 이뤘다.

① ㉮ 도성, ㉯ 입성, ㉰ 불야성

② ㉮ 입성, ㉯ 도성, ㉰ 불야성

③ ㉮ 도성, ㉯ 아성, ㉰ 불야성

④ ㉮ 아성, ㉯ 도성, ㉰ 불야성

3 수원 화성에 대해 이야기하고 있어요. (　　　) 안에서 알맞은 낱말을 골라 ○ 하세요.

정약용이 거중기를 사용하여 큰 돌을 쌓아 올려서 만든 (토성 / 석성)이야.

수원의 넓고 평평한 땅에 지어진 (산성 / 평지성)이야.

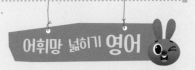

'성'을 뜻하는 영어 단어에는 castle, palace 등 여러 가지가 있어요.
각각의 차이를 알아볼까요?

castle

castle은 '성'이란 뜻으로, 중세 유럽에서 많이 지어졌어요. 주로 왕이나 영주가 요새처럼 지어서 거주하던 곳을 말해요. 단순한 주거지가 아니라 방어 시설이자 피난처이기도 했지요. 그래서 벽을 높고 튼튼하게 쌓고 감시용 탑을 여러 개 만든 것이 특징이에요.

2주 3일
학습 끝!

붙임 딱지 붙여요.

palace

'성'을 뜻하는 castle과 '궁전'을 뜻하는 palace는 어떤 점이 다를까요? 성은 요새 기능이, 궁전은 왕이 살고 있는 집이라는 의미가 강해요. 경복궁은 palace라고 할 수 있지요. 비교적 안전한 서울 도성 안에 있었기 때문에 요새 기능이 필요하지 않은 궁전이었거든요.

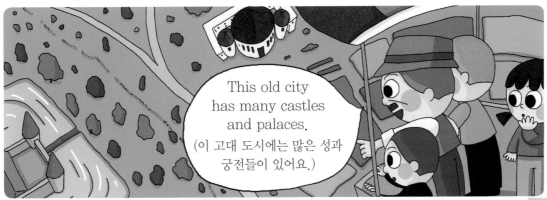

QR 찍고 발음 듣기

만(滿)이 들어간 낱말 찾기

극장이 만원이라 표를 못 구했어요.

뭐라고?

만 원이 없어서 표를 못 구하다니, 내가 다녀오마.

아니, 그게 아니고……

이런, 인원이 꽉 차서 빈자리가 없다는 뜻이었구나.

아빠 성격이 너무 급하시다니까요.

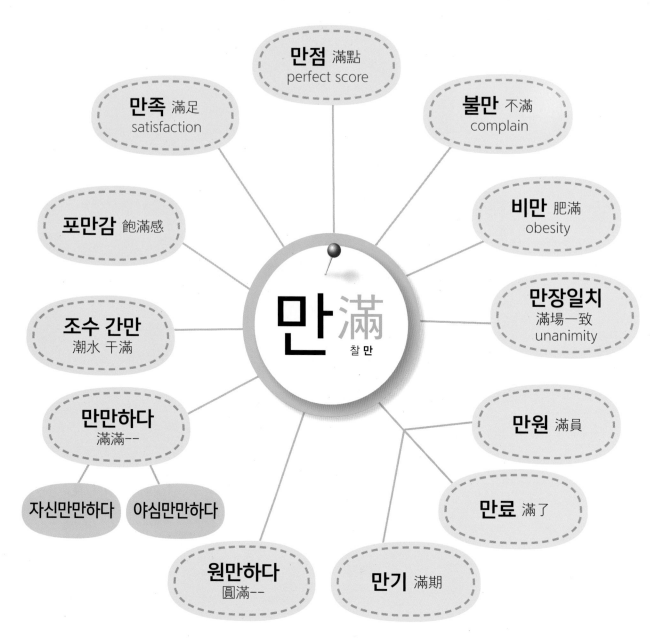

만점 滿點 perfect score

만족 滿足 satisfaction

불만 不滿 complain

포만감 飽滿感

비만 肥滿 obesity

만 滿 찰 만

만장일치 滿場一致 unanimity

조수 간만 潮水 干滿

만만하다 滿滿--

자신만만하다   야심만만하다

만원 滿員

만료 滿了

원만하다 圓滿--

만기 滿期

1 설명과 그림을 보고, 빈칸에 들어갈 낱말을 써 넣어 끝말잇기를 해 보세요.

바라는 대로 되지 않아 언짢은 마음 → ① ☐☐ ➡ 마음에 들어 흐뭇하고 좋은 것 → ② ☐☐ ➡ 발을 냉수, 온수에 교대로 담그는 마사지 방법 → ③ 족 욕

➡ 목욕물을 담는 용기 → ④ 욕 조 ➡ 해수면이 가장 높을 때와 가장 낮을 때 → ⑤ ☐☐☐☐ ➡ 하나도 틀리지 않은 것 → ⑥ ☐☐

➡ 손가락으로 더듬어 읽는 문자 → ⑦ 점 자 ➡ 자신감이 넘치는 것 → ⑧ ☐☐☐ ➡ 어느 장소에 사람이 꽉 찬 것 → ⑨ ☐☐

2 밑줄 친 부분이 뜻하는 낱말을 한 글자 힌트를 참고해 완성해 보세요.

음식을 너무 많이 먹어 **살이 찌면** 질병에 걸리기 쉬워.   ☐ 만

플라스틱 사용을 줄이자는 데에 **모든 사람들의 의견이 같았어.**   만 ☐☐☐

만족
滿(찰 만) 足(발 족)

'족(足)' 자에는 '넉넉하다'는 뜻이 있어요. 그래서 **만족**은 어떤 것이 가득 차고 마음에 들어서 흐뭇하다는 뜻이에요. 반대로 무엇이 기준에 모자랄 때는 '아니 불/부(不)' 자를 붙여 '부족하다'라고 말해요.

만점
滿(찰 만) 點(점 점)

하나도 틀리지 않는 것을 '찰 만(滿)'과 '점 점(點)' 자를 합쳐 **만점**이라고 해요. '엄마가 해 주시는 음식은 영양 만점이다.'처럼 어떤 것이 정말 좋을 때도 만점이라고 하지요.

불만
不(아니 불/부) 滿(찰 만)

바라는 대로 되지 않아서 불쾌하고 언짢은 마음을 '아니 불/부(不)' 자를 붙여 **불만**이라고 해요. 불만이 생겨서 못마땅한 생각을 말하는 것을 '불평'이라고 해요.

비만
肥(살찔 비) 滿(찰 만)

뚱뚱한 것을 '살찔 비(肥)' 자를 붙여 **비만**이라고 하고, 뚱뚱한 정도를 '비만도'라고 해요. 몸이 필요한 것보다 더 많은 음식을 먹게 되면 몸 안에 지방이 축적되어 살이 찌게 되지요.

만장일치
滿(찰 만) 場(마당 장)
一(한 일) 致(이를 치)

사람들로 가득 찬 회의장(마당 장, 場)을 '만장'이라고 해요. 회의장에 모인 사람들의 의견이 하나로 같은 것은 **만장일치**라고 하지요.

만원/만료
滿(찰 만) 員(인원 원) 了(마칠 료/요)

어떤 장소에 사람(인원 원, 員)이 꽉 찬 것을 **만원**이라고 해요. 미리 정해 놓은 시간이 다 지나가는(마칠 료/요, 了) 것은 **만료**라고 하지요. 비슷한 말로 '기약할 기(期)' 자를 붙인 '만기'가 있어요.

원만하다
圓(둥글 원) 滿(찰 만)

모나지 않고 부드러운 것을 '둥글 원(圓)' 자를 붙여 **원만하다**라고 해요. 주로 성격을 묘사할 때 쓰는 말이지만, 일이 순조롭게 진행되거나 관계가 좋을 때도 원만하다고 해요.

만만하다
滿(찰 만)

무엇인가가 넘칠 만큼 넉넉할 때 '찰 만(滿)' 자를 두 번 써서 **만만하다**라고 해요. 자신감이 넘치는 것은 '자신만만하다', 무엇을 이루어 보겠다는 욕망이나 소망이 가득한 것은 '야심만만하다'라고 해요.

조수 간만
潮(조수 조) 水(물 수)
干(방패 간) 滿(찰 만)

밀물이 꽉 차게 들어왔을 때는 '만조', 썰물로 해수면이 가장 낮을 때는 '간조'라고 하는데, 이 둘을 아울러 **조수 간만**이라고 해요. 만조와 간조는 달의 인력이 바닷물을 끌어당겨서 일어나는 현상이에요.

포만감
飽(배부를 포) 滿(찰 만)
感(느낄 감)

음식을 배불리 먹어 배가 부른(배부를 포, 飽) 느낌(느낄 감, 感)을 **포만감**이라고 해요. 음식을 먹은 후뿐만 아니라 넘치도록 가득 차 있는 느낌을 표현할 때도 써요.

쉬지 않고 움직이는 바다

바닷물이 밀려와 해수면이 상승하는 것을 '밀물'이라고 하고, 바닷물이 빠져나가서 해수면이 낮아지는 것을 '썰물'이라고 해요. 밀물이 가장 높이 찰 때를 '만조'라고 하고, 바닷물이 빠져나가 해수면이 가장 낮아진 상태를 '간조'라고 하지요. 왜 이런 현상이 일어나는 걸까요?

① 만조와 간조는 왜 생길까요?

바닷물의 높이는 왜 높아졌다 낮아졌다 할까요? 그 이유는 태양과 달이 지구의 바닷물을 끌어당기기 때문이에요. 특히 지구와 가까이 있는 달의 힘이 더 강하게 영향을 미쳐요. 지구와 달 사이에는 서로 끌어당기는 힘인 '인력'이 작용해요.

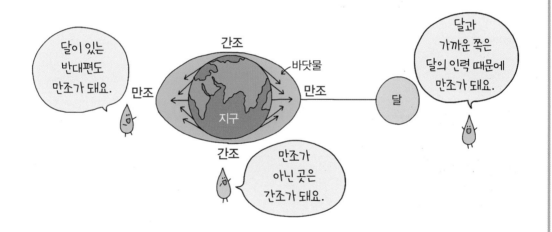

② 만조와 간조는 어떻게 이용되나요?

만조와 간조로 생기는 해수면 높이의 차이를 '조수 간만의 차이'라고 해요. 이 차이를 이용해서 에너지를 얻는 것을 '조력 발전'이라고 하지요. 저수지를 만들어 밀물 때 들어온 물을 가득 채웠다가, 썰물 때 낮아진 해수면 쪽으로 내보내면 운동 에너지가 생겨요. 이렇게 물이 들어왔다 나갔다 하는 힘으로 발전기를 돌려 전기 에너지를 얻는 것이에요.

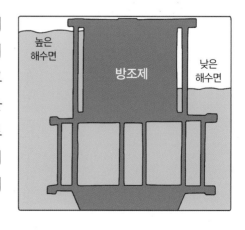

1 빈칸에 밑줄 친 말이 어울리는 문장을 찾아 선으로 이어 주세요.

이번 시험에서 모두 정답을 맞혀서 **만점**을 받았어. •

• 학교 도서관은 책을 읽는 학생들로 항상 [   ]이야.

항상 배려하는 그의 **원만**한 성격은 모두를 친구로 만들었어. •

• 엄마의 요리는 가족들에게 항상 인기 [   ]이에요.

버스가 **만원**인 바람에 버스를 탈 수 없었어. •

• 그 문제를 [   ]하게 해결하기로 합의했어.

2 (   ) 안에서 알맞은 낱말을 골라 ○ 하세요.

(1) 항상 웃는 얼굴로 안내를 해서 (만족 / 만기 / 만료)했어.

(2) 밥을 먹기 전에 먹는 과일은 (포만감 / 비만 / 불만)을 줘서 과식을 막아 줘.

3 속뜻짐작 보기 처럼 밑줄 친 낱말에 '만(滿)' 자가 쓰인 것을 고르세요. (,   )

보기 어려운 시험인데도 그는 자신**만만**했어.

① 운전을 할 때에는 안전에 **만전**을 기해야 한다.

② 그는 정치가가 되어 행복이 **충만**한 세상을 만들고자 했다.

③ 휴가 동안 여행의 기쁨을 **만끽**했다.

④ 설 명절에는 온 가족이 모여 **만두**를 빚었다.

'만(滿)' 자에는 '가득'이란 의미가 담겨 있어.

배가 부른데도 자꾸만 음식을 권할 때 어떻게 거절해야 할까요?
배가 부르다는 말을 영어로 알아봐요.

I'm full!

가장 간단한 표현이에요. full은 '가득 차다'라는 뜻이니까 '고맙지만 저는 배가 불러요.'라고 말하고 싶다면 'No, thanks. I'm full!'이라고 하면 돼요.

I'm stuffed!

'배가 꽉 차 터질 것 같다.'라는 표현을 'I'm stuffed!'라고 해요. stuff는 무엇인가가 '빼곡히 차다'라는 뜻을 가지고 있어요. 배가 불러서 더 먹지 못할 것 같을 때 이 표현을 사용해 보세요.

**2주 4일
학습 끝!**

붙임 딱지 붙여요.

I don't have any room for more!

배가 너무 불러서 더는 못 먹겠다고 말하고 싶을 때가 있을 거예요. 그럴 때는 '더 이상 들어갈 공간이 없다.'라는 뜻의 'I don't have any room for more!'라는 표현을 써 보세요.

QR 찍고 발음 듣기

파(派)가 들어간 낱말 찾기

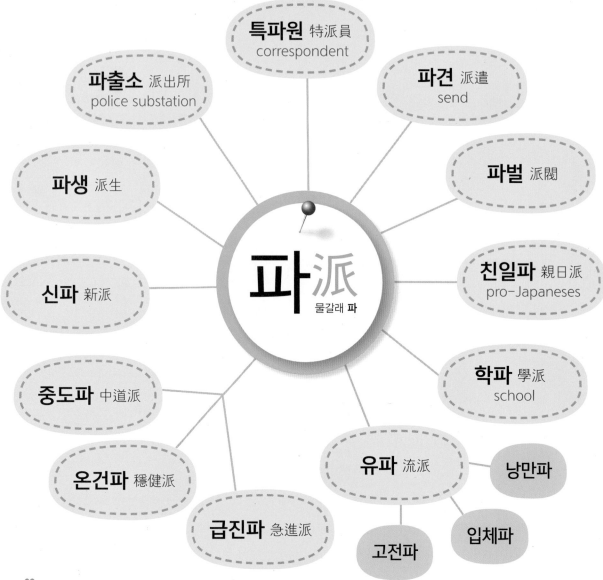

특파원 特派員 correspondent

파출소 派出所 police substation

파견 派遣 send

파생 派生

파벌 派閥

신파 新派

친일파 親日派 pro-Japaneses

파 派
물갈래 파

학파 學派 school

중도파 中道派

온건파 穩健派

유파 流派

낭만파

급진파 急進派

고전파

입체파

'파(派)' 자는 파출소, 특파원처럼 '보내다'라는 뜻과 파벌, 학파, 유파처럼 '갈라지다'라는 뜻이 있어요.

1 초성 힌트를 참고해 뜻풀이에 알맞은 낱말을 적어 보세요.

어떤 임무를 맡겨서 사람을 보내는 것	ㅍ ㄱ
어떤 근원으로부터 갈라져 생겨나는 것	ㅍ ㅅ
각 지역으로 경찰관을 보내 업무를 보게 한 곳	ㅍ ㅊ ㅅ
학설이나 주장을 달리하여 갈라진 파	ㅎ ㅍ
견해나 태도가 비슷한 사람이 모여서 이룬 무리	ㅇ ㅍ
생각이나 목적이 같은 사람들의 모임	ㅍ ㅂ
어떤 특별한 임무를 띠고 파견된 사람	ㅌ ㅍ ㅇ
일제 강점기에 우리나라를 배신하고 일제를 도운 사람들	ㅊ ㅇ ㅍ
예전 방식을 따르지 않고 새로운 것을 따르는 유파	ㅅ ㅍ
한쪽으로 치우치지 않고 중간을 지향하는 무리	ㅈ ㄷ ㅍ

파출소
派(물갈래 파) 出(날 출) 所(바 소)

각 마을에 경찰관을 보내 마을의 치안을 돌보고 경찰 업무를 보게 한 곳(바 소, 所)을 파출소라고 해요. '파출'이라는 말은 임무를 맡겨 사람을 보낸다는 뜻이에요.

특파원
特(특별할 특) 派(물갈래 파)
員(인원 원)

특별한(특별할 특, 特) 임무를 띠고 파견된 사람(인원 원, 員)을 특파원이라고 해요. 주로 신문사나 방송사에서 뉴스를 취재하기 위해 해외로 파견한 기자를 일컫는 말이에요.

파견
派(물갈래 파) 遣(보낼 견)

어떤 임무를 맡겨서 사람을 보내는(보낼 견, 遣) 것을 파견이라고 해요. 고종은 을사늑약이 일본의 강압으로 이루어진 것을 알리기 위해 네덜란드 헤이그에서 열린 만국 평화 회의에 특사를 파견했지요.

파벌
派(물갈래 파) 閥(문벌 벌)

'파(派)' 자에는 '갈라지다'라는 뜻이 있어요. 생각이나 목적이 같은 사람들의 모임을 파벌이라고 해요. 가문 중심의 파벌은 '문벌', 군인들의 파벌은 '군벌', 출신 학교를 중심으로 한 파벌은 '학벌'이라고 하지요.

친일파
親(친할 친) 日(날 일)
派(물갈래 파)

일제 강점기에 우리나라를 배반하고 일본을 도운 사람들을 '친할 친(親)'과 '날 일(日)' 자를 합쳐 친일파라고 해요. 일제의 침략을 돕거나 일제 편에 서서 민족을 괴롭힌 사람들을 뜻해요.

학파
學(배울 학) 派(물갈래 파)

학문에서 학설이나 주장을 달리하여 갈라진 파를 '배울 학(學)' 자를 붙여 학파라고 해요. 학문을 연구하는 사람들을 '학자'라고 하는데, 사상이 서로 같은 학자들끼리 같은 학파를 이루지요.

유파
流(흐를 류/유) 派(물갈래 파)

학계나 예술계에서 견해나 태도가 비슷한 사람들의 무리를 유파라고 해요. 미술계에는 감상적인 정서를 중시한 '낭만파', 여러 각도를 표현한 '입체파', 형식미를 중시한 '고전파' 등이 있어요.

급진파/온건파
急(급할 급) 進(나아갈 진) 派(물갈래 파)
穩(평온할 온) 健(건강할 건)

사회를 과감하게 개혁해야 한다는 무리를 급진파, 사상과 행동이 온건한 무리를 온건파, 어느 쪽으로도 치우치지 않고 중간을 지향하는 무리를 '중도파'라고 해요.

신파
新(새로울 신) 派(물갈래 파)

예전부터 내려온 양식이나 방식을 따르지 않고 새로운 사상의 물결을 따르는 유파를 '새로울 신(新)' 자를 붙여 신파라고 해요. 반대로 예전부터 내려온 양식이나 방식을 따르는 유파는 '옛 구(舊)' 자를 붙여 '구파'라고 하지요.

파생
派(물갈래 파) 生(날 생)

어떤 근원으로부터 갈라져 생겨나는(날 생, 生) 것을 파생이라고 해요. '영어는 라틴어에서 파생되었다.'처럼 써요.

비밀 임무를 띠고 파견된 헤이그 특사

대한 제국 때 외교 특사들이 있었어요. 바로 고종 황제가 네덜란드에 파견한 '헤이그 특사'예요. 고종 황제가 세 명의 특사들에게 맡긴 비밀 임무는 무엇이고, 그 결과는 어떻게 되었을까요? 헤이그 특사에 얽힌 대한 제국의 역사 이야기를 알아보아요.

오늘부터 대한 제국의 외교권은 일본의 것이오.

1905년, 일본은 고종 황제의 동의 없이 조약을 체결했어요.

고종 황제는 이 조약의 부당함을 알리기 위해 1907년에 열린 만국 평화 회의에 이준, 이상설, 이위종 세 명의 특사를 파견했어요.

을사늑약이 강제로 맺어진 것이라는 걸 세계에 알려야 해.

이는 부당한 조약으로 국제법상 무효이다.

이제 헤이그로 가서 일본의 만행을 세계에 알립시다.

네, 알겠습니다.

이준과 이상설은 비밀리에 러시아로 가서 러시아 공사관 서기였던 이위종을 만났어요.

어째서 들어갈 수 없다는 것이오?

초청장이 없으면 회의장에 들어갈 수 없다니까요!

만국 평화 회의장

을사늑약은 무효입니다!

고종 황제가 인정한 조약이 아닙니다!

대한 제국은 독립 국가입니다!

세 사람은 일본의 방해로 회의에 참석하지 못했지만 포기하지 않았어요.

살아도 그릇 살면 죽음만 같지 않고 잘 죽으면 오히려 영생한다.

YI JUN PEACE MUSEUM

그러나 세계 언론은 그들의 말에 귀 기울이지 않았어요! 이에 이준은 너무 분해서 그곳에서 숨을 거두고 말았지요. 네덜란드 헤이그에는 이준 열사의 기념관이 있어요.

1 밑줄 친 낱말에서 '파' 자의 뜻을 찾아 선으로 이어 주세요.

 경찰 학교를 졸업한 그는 **파출소**에서 근무를 시작했어.

• 보내다
• 갈라지다

 스토아**학파**는 소크라테스의 영향을 받았어.

• 보내다
• 갈라지다

 피카소는 평면인 캔버스에 입체를 표현한 **입체파** 화가야.

• 보내다
• 갈라지다

 북극의 이상 고온 현상을 취재하기 위해 **특파원** 자격으로 북극에 왔어.

• 보내다
• 갈라지다

2 빈칸에 들어갈 알맞은 낱말을 글자 판에서 찾아 ○ 하세요.

 갑신정변을 일으킨 박영효는 급격한 개화를 주장한 □□□였어.

사	분	오	열
고	학	파	생
전	파	벌	학
급	진	파	파

 창극은 판소리에서 □□되어 나온 우리나라 고유의 음악극이야.

3 속뜻 짐작 빈칸에 들어갈 알맞은 낱말을 찾아보세요. ( )

 가족이나 가까운 일가로 이루어진 친척을 '가문'이라고 해.

여러 대에 걸쳐서 높은 지위를 차지한 □□ 귀족들은 고려 초기에 지배 계층이 되었어.

① 파벌   ② 문벌   ③ 학벌   ④ 군벌

영어로 동물의 무리를 셀 때는 각기 다른 단어를 사용해요.
함께 알아볼까요?

a pride of lions

pride는 '자랑스러움, 자존심'이라는 뜻이
지만 a pride of lions의 경우는 '사자의 자
존심'이라는 뜻이 아니라 '사자 한 무리'라
는 뜻이에요.

a school of fish

a school of fish는 '물고기 학교'가 아니라
'물고기 한 무리'라는 뜻이에요. school은
상어나 고래의 '무리'를 가리킬 때도 써요.

2주 5일
학습 끝!

붙임 딱지 붙여요.

a pack of wolves

pack은 '포장 꾸러미'라는 뜻도 있지만 a pack of wolves에서는 '늑대 한 무리'를 가리켜요.
'양 한 무리'는 herd를 써서 a herd of sheep이라고 해요. '떼'를 뜻하는 herd는 주로 염소,
소, 사슴, 말 등을 가리킬 때 써요. '새 떼'는 flock를 써서 a flock of birds라고 하지요. flock
도 '떼, 무리'를 뜻하는 단어예요.

There is a flock
of peacocks.
(공작새 한 무리가 있다.)

QR 찍고 발음 듣기

중요한 근거지인 '아성'

고대 중국에서는 성 한가운데에 화려하게 장식한 깃발을 세워

장군의 권위와 위엄을 과시했어요.

특히 깃대 끝에 정교하게 조각한 황백색 상아(코끼리 이빨)를 꽂아 장식했지요.

상아가 사람들을 지켜 준다는 믿음에서 비롯되었는데, 이 상아 깃발은 '아기'라 하여 아주 중요하게 여겼답니다.

여기서 유래해서, 나중에는 우두머리 장군이 거처하는 성을 '아성'이라고 불렀어요.

송나라 때 사마광이 지은 〈자치통감〉에 '아성에 올라 맞서 싸웠다.'라는 기록이 있지요.

공격하라!

아성(어금니 아 牙, 성 성 城): 아주 중요한 근거지를 비유적으로 이르는 말이에요.

한편, 아성은 고구려의 성곽에서 내성을 뜻하기도 해요.

고구려의 성은 외성과 내성으로 되어 있는데,

적과 싸울 때 우두머리 장군이 올라가 병사들을 지휘하던 내성이 곧 아성이지요.

그래서 오늘날에는 큰 단체 등의 중심이 되는 근거지를 '아성'이라고 불러요.

또한 중심이 무너진 것을

'아성이 무너졌다.'라고 표현한답니다.

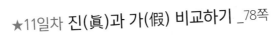

contents

토닥이와 함께
파이팅!

PART 2

PART2에서는 상대어나 주제어를 중심으로
관련이 있는 낱말들을 연결해서 배워요.

공부한 날짜

☐ 월 ☐ 일

진(眞)과 가(假) 비교하기

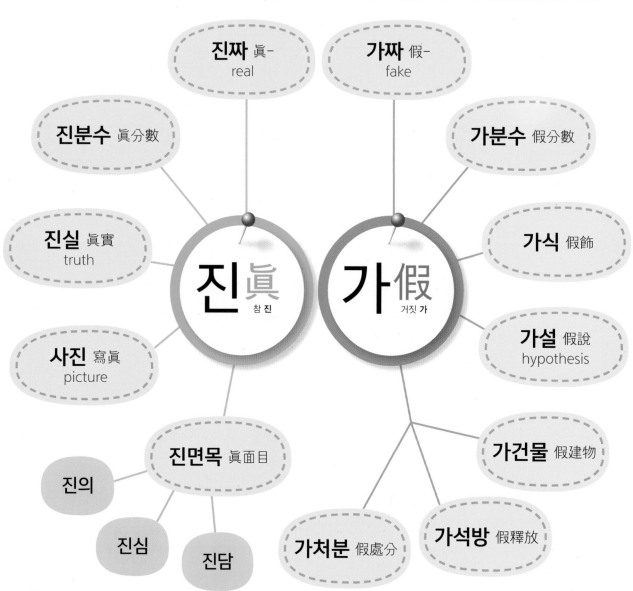

진짜 眞- real

가짜 假- fake

진분수 眞分數

가분수 假分數

진실 眞實 truth

가식 假飾

진眞 참 진

가假 거짓 가

사진 寫眞 picture

가설 假說 hypothesis

진면목 眞面目

가건물 假建物

진의

진심

진담

가처분 假處分

가석방 假釋放

'가(假)' 자는 가짜, 가식처럼 '거짓'이라는 뜻과 가설, 가건물처럼 '임시'라는 뜻이 있어요.

1 설명이 맞으면 ○, 틀리면 X가 지시하는 곳으로 가서 보물을 찾아보세요.

① 꾸미거나 흉내 내지 않은 것을 **진짜**라고 해요.

○ 5번   X 3번

② 진심이 아닌데 거짓으로 말이나 행동을 꾸미는 것을 **가설**이라고 해요.

○ 14번   X 10번

③ 다시 풀어 볼까요?

○ 7번   X 8번

④ 거짓 없이 참되고 바른 것을 **현실**이라고 해요.

○ 7번   X 8번

⑤ 분자가 분모보다 작은 분수를 **진분수**라고 해요.

○ 4번   X 6번

⑥ 다시 천천히 문제를 읽어 보세요.

⑦ 다시 살펴볼까요?

⑧ **가설**은 어떤 사실을 설명하려고 임시로 세운 이론을 말해요.

○ 9번   X 7번

⑨ 풍경이나 인물 등을 사진기로 찍은 것을 **사진**이라고 해요.

○ 2번   X 6번

⑩ 어떤 사람의 참된 모습을 **진면목**이라고 해요.

○ 12번   X 13번

⑪ 길을 잃었어요.

⑫ 임시로 사용하려고 지은 건물을 **가처분**이라고 해요.

○ 13번   X 15번

⑬ 보물은 어디 있을까요?

⑭ 길을 다시 찾아봐요.

⑮ 참 잘했어요! 보물을 찾았네요.

진짜 vs 가짜
眞(참 진) 假(거짓 가)

'참 진(眞)' 자가 들어간 **진짜**는 꾸미거나 흉내 내지 않은 것을 말해요. 진짜와 달리 거짓을 참인 것처럼 꾸민 것은 '거짓 가(假)' 자를 써서 **가짜**라고 하지요. 진짜 같지만 진짜가 아닌 것은 '사이비'라고 해요. 사이비는 겉으로는 비슷하나(같을 사, 似) 속은 완전히 다르다(아닐 비, 非)는 뜻이지요.

진분수 vs 가분수
眞(참 진) 分(나눌 분) 數(셈 수)
假(거짓 가) 分(나눌 분) 數(셈 수)

진분수 가분수
$\dfrac{1}{2}$ $\dfrac{5}{3}$

'**분수**'는 전체를 여러 개로 똑같이 나누어(나눌 분, 分) 전체에 대한 부분을 나타낸 수(셈 수, 數)를 말해요. 분자가 분모보다 작은 분수를 **진분수**라고 하고, 분자가 분모와 같거나 큰 분수를 **가분수**라고 해요.

진실
眞(참 진) 實(열매 실)

거짓 없이 참되고 바른 것을 **진실**이라고 해요. '열매 실(實)' 자를 쓰는 이유는 콩을 심으면 콩이 열리고 팥을 심으면 팥이 열린다는 말처럼 열매는 거짓말을 하지 않기 때문이에요. 비슷한말로 '사실'이 있는데, 실제로 있었던 일이라는 뜻이에요.

사진
寫(베낄/쓸 사) 眞(참 진)

'베낄/쓸 사(寫)'와 '참 진(眞)' 자가 합쳐진 **사진**은 풍경이나 인물 등의 실제 모습을 그대로 재현한다는 뜻이에요. 옛날 왕의 모습을 그린 초상화는 왕을 뜻하는 '다스릴 어(御)' 자를 붙여 '어진'이라고 불렀지요.

진면목
眞(참 진) 面(낯 면) 目(눈 목)

'낯 면(面)'과 '눈 목(目)' 자가 합쳐진 **진면목**은 사람의 진짜 됨됨이, 참모습이라는 뜻이에요. 마음속이나 말속에 담긴 본뜻(뜻 의, 意)은 '진의', 거짓 없이 참된 마음(마음 심, 心)은 '진심'이라고 해요. 진심에서 우러나온 진실한 말(말씀 담, 談)은 '진담'이고, 진담의 상대어는 '농담'이에요.

가식
假(거짓 가) 飾(꾸밀 식)

진심이 아닌데 남에게 좋게 보이려고 행동이나 말을 거짓으로 꾸미는(꾸밀 식, 飾) 것을 **가식**이라고 해요. 예절이나 의식 등을 겉으로만 번드르르하게 꾸미는 것은 '허례허식'이라고 하지요.

가설
假(거짓 가) 說(말씀 설)

'거짓 가(假)' 자에는 '임시'라는 의미가 있어요. 그래서 **가설**은 어떤 사실을 설명하기 위해 임시로 세운 이론을 뜻해요. 검증을 통해 가설이 참이라는 것이 인정되면 참된 이치라는 뜻의 '진리'가 되지요.

가건물/가석방
假(거짓 가) 建(세울 건)
物(물건 물) 釋(풀 석) 放(놓을 방)

가건물

임시로 사용하려고 지은 건물은 **가건물**, 벌 받는 기간이 끝나기 전에 죄수를 임시로 석방하는 것은 **가석방**, 어떤 물건을 임시로 처리하여 치우는 것은 '가처분'이라고 해요.

진분수와 가분수

'분수'는 나누어진 수라는 뜻이에요. 그런데 왜 분수가 필요할까요?

케이크를 네 친구가 나누어 먹을 때, 한 사람이 먹는 양을 표현하려면 분수가 필요해요.

전체를 둘로 나눈 뒤 사과 한 조각을 $\frac{1}{2}$이라고 해요.

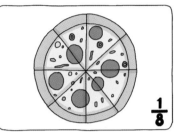

피자를 여덟 명이 나누어 먹으면 전체를 8등분해서 내 몫은 $\frac{1}{8}$이 돼요.

이렇듯 원래 분수란 1보다 작은 수를 나타내는 형식이에요. 그런데 1보다 큰 수인데도 분수의 형식으로 나타낸 것을 가짜 분수, 즉 '가분수'라고 해요. 그리고 가분수와 구별하기 위하여 진짜 분수를 '진분수'라고 말하지요. 예를 들어 $\frac{4}{3}$는 가분수라고 하고, $\frac{1}{2}$은 진분수라고 해요. 그러면 분수를 이루는 분모와 분자를 알아볼까요?

분자 가로줄 위에 있는 수는 전체를 잘라서 생겨난 조각을 나타내요. '아들 자(子)' 자를 붙여 '분자'라고 하지요. 분자가 1이면 한 조각이라는 뜻이에요.

분모 가로줄 아래의 숫자는 전체를 몇 등분으로 나눈 것인지 나타내요. '어머니 모(母)' 자를 붙여 '분모'라고 하지요. 분모가 2이면 전체를 2등분했다는 뜻이에요.

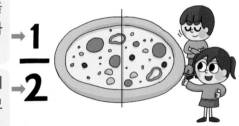

문제 오빠와 동생의 대화를 읽고, 누가 더 케이크를 많이 먹게 될지 알아맞혀 보세요.

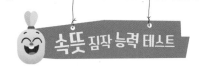

1 밑줄 친 낱말이 서로 상대되는 의미로 묶여 있는 것을 찾아보세요. (   )

①	아무리 속여도 **진실**은 밝혀질 거야!	지구가 둥글다는 것을 **가설**로 여겼어요.
②	**사진**은 거짓말을 하지 않아.	새로 들어온 신입 사원은 **가식**이 없어서 좋아.
③	분자가 분모보다 작으니까 이건 **진분수**야.	머리가 크다고 **가분수**라고 놀리면 기분이 나빠.

2 대화를 읽고, (   ) 안에서 알맞은 낱말을 찾아 ○ 하세요.

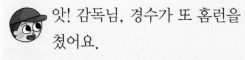
앗! 감독님, 경수가 또 홈런을 쳤어요.

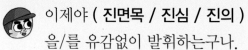
이제야 (진면목 / 진심 / 진의)을/를 유감없이 발휘하는구나.

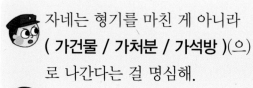
자네는 형기를 마친 게 아니라 (가건물 / 가처분 / 가석방)(으)로 나간다는 걸 명심해.

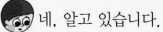
네, 알고 있습니다.

3 속뜻 짐작 밑줄 친 낱말의 뜻을 찾아 선으로 이어 보세요.

실제처럼 느끼게 하는 것

거짓 없는 진짜 모습

진실, 사실, 거짓, 허구 등 진짜와 가짜를 나타내는 말은 다양해요.
영어로는 어떤 말들이 있는지 알아볼까요?

true, false

true는 '사실인, 참인'이라는 뜻이고, false 는 '틀린, 사실이 아닌'이라는 뜻이에요. 그렇다면 true or false quiz는 무슨 뜻일까요? '사실인지 사실이 아닌지 맞히는 퀴즈'라는 의미로 'O✕ 문제'를 뜻해요.

genuine, fake

'진짜의, 진품의'는 genuine이고, '가짜의, 거짓된'은 fake예요. fake love는 '거짓 사랑', genuine love는 '진실한 사랑'을 뜻해요. fake는 모조품이라는 의미도 있어서 fake bag(모조 가방), fake watch(모조 시계)와 같이 쓰지요.

3주 1일
학습 끝!

붙임 딱지 붙여요.

original, copy

original은 '원래의, 원본의'를, copy는 '복사, 복제'를 뜻해요. copy는 '따라 하다'라는 뜻도 있어서 '어떤 가수의 성대모사를 하다.'를 영어로 copy a singer라고 해요. '다른 사람을 따라 하는 사람, 흉내쟁이'는 copycat이라고 하지요.

QR 찍고 발음 듣기

진(進)과 퇴(退) 비교하기

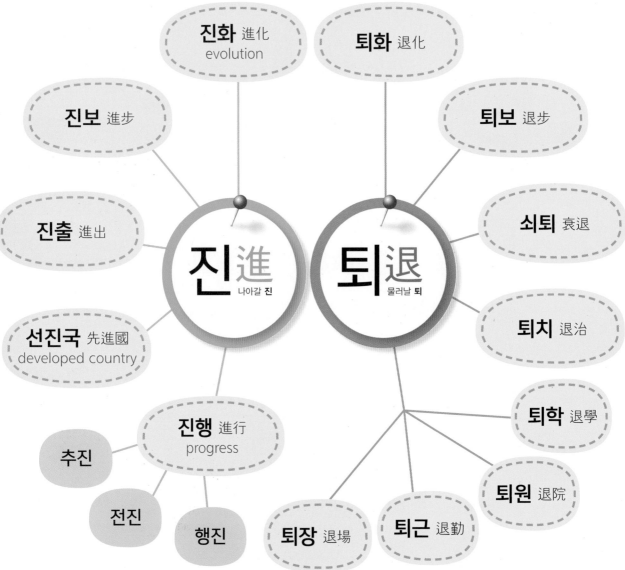

진화 進化 evolution

퇴화 退化

진보 進步

퇴보 退步

진출 進出

쇠퇴 衰退

진 進 나아갈 진

퇴 退 물러날 퇴

선진국 先進國 developed country

퇴치 退治

진행 進行 progress

퇴학 退學

추진

퇴원 退院

전진

행진

퇴장 退場

퇴근 退勤

'퇴(退)' 자는 퇴화, 퇴보처럼 '물러나다'라는 뜻과 퇴학, 퇴장처럼 '그만두다'라는 뜻이 있어요.

1 빈칸에 들어갈 낱말을 순서대로 짝 지은 것을 골라 보세요. (　　　)

① ㉮ 진화, ㉯ 퇴화　② ㉮ 진보, ㉯ 퇴보　③ ㉮ 퇴화, ㉯ 진화　④ ㉮ 퇴보, ㉯ 진보

2 문장을 읽고, (　　　) 안에서 알맞은 낱말을 찾아 ○ 해 보세요.

① 정부는 미세 먼지 (쇠퇴 / 퇴치) 정책을 강력하게 (추진 / 퇴장)했어.

② 우리나라는 반도체 기술을 가진 (선진국 / 후진국)이야.

③ 일을 마치고 회사를 나서는 (퇴원 / 퇴근) 시간이 기다려져.

④ 우리나라 가수가 외국에 (진행 / 진출)해 많은 인기를 얻고 있어.

3 낱말에 '나아가다'라는 의미가 있으면 자동차 앞쪽을, '물러나다, 그만두다'라는 의미가 있으면 자동차 뒤쪽을 색칠해 보세요.

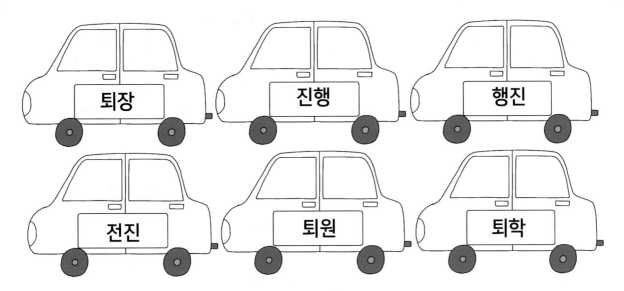

진화 vs 퇴화
進(나아갈 진) 化(될/변화할 화)
退(물러날 퇴) 化(될/변화할 화)

진화는 어떤 것이 더 나아지는 것을 뜻해요. 반대로 어떤 것이 점점 없어지거나 나빠지는 것은 '물러날 퇴(退)' 자를 붙여 퇴화라고 하지요. '인류 문명의 진화'에서 진화는 발전하고 있다는 뜻이고, '사용하지 않는 언어가 퇴화되어 사라지다.'에서 퇴화는 사라져 가는 것을 의미해요.

진보 vs 퇴보
進(나아갈 진) 步(걸음 보)
退(물러날 퇴) 步(걸음 보)

'걸음 보(步)' 자가 붙은 진보는 정도나 수준이 점점 나아지는 것을 말해요. 반대로 지금보다 훨씬 못하게 되는 것은 퇴보라고 해요. '진퇴양난'은 나아가는 것과 물러서는 것이 둘(두 량/양, 兩) 다 어렵다(어려울 난, 難)는 뜻으로, 이러지도 저러지도 못하는 곤란한 처지를 말하지요.

진출
進(나아갈 진) 出(날 출)

더 높은 단계나 넓은 세계로 나아가는 것을 진출이라고 해요. '결승 진출'은 시합에 이겨서 1~2위를 결정하는 단계로 나아갔다는 뜻이지요. '세계 무대 진출'은 더 넓은 영역으로 확장하여 나아간다는 뜻이에요.

선진국
先(먼저 선) 進(나아갈 진)
國(나라 국)

어떤 분야에서 남보다 앞서는(먼저 선, 先) 것을 '선진'이라고 해요. 그래서 선진국이라고 하면 정치, 경제, 문화 등이 다른 나라보다 앞선 나라를 말해요. 반대로 정치, 경제, 문화 등이 다른 나라에 비해 뒤처지는(뒤 후, 後) 나라는 '후진국'이라고 하지요.

진행
進(나아갈 진) 行(다닐 행)

진행은 이끌고 나아가는 것을 말해요. 물체나 일을 힘 있게 밀고 나가는 것은 '추진', 앞(앞 전, 前)을 향해 나아가는 것은 '전진', 여럿이 줄지어 앞으로 나아가는 것은 '행진'이라고 해요.

쇠퇴
衰(쇠할 쇠) 退(물러날 퇴)

쇠퇴는 '쇠할 쇠(衰)'와 '물러날 퇴(退)' 자가 합쳐진 말로, 기운이나 세력이 약해지는 것을 뜻해요. '민족이 쇠퇴하다.' 등으로 써요. 비슷한말로 기운이나 세력이 줄어(덜 감, 減) 약해진다는 뜻의 '감퇴'가 있어요.

퇴치
退(물러날 퇴) 治(다스릴 치)

퇴치는 좋지 않은 것을 물리치는 것이에요. '문맹 퇴치 운동'은 글을 모르는 상태인 문맹을 없애기 위해 노력한다는 뜻이고, '해충 퇴치'는 해로운 벌레를 물리쳐 없앤다는 뜻이에요.

퇴학/퇴장
退(물러날 퇴) 學(배울 학)
場(마당 장)

학교를 그만두는 것은 퇴학, 환자가 치료를 끝내고 병원에서 나오는 것은 '퇴원', 일을 마치고 일터에서 나서는 것은 '퇴근'이라고 해요. '마당 장(場)' 자가 붙은 퇴장은 어떤 장소나 무대에서 밖으로 나가는 것을 말하는데, 상대어는 '입장'이에요.

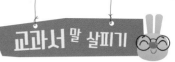

다윈의 진화론과 멘델의 유전 법칙

생물이 환경의 영향을 받아 여러 세대를 거치면서 몸의 구조나 기능이 변화할 수 있다는 이론을 '진화론'이라고 해요. 갈라파고스 제도를 탐사하던 찰스 다윈이 갈라파고스 거북의 등딱지가 다른 지방의 거북과 다른 이유를 설명하기 위해 내세운 가설이었지요.

그런데 찰스 다윈이 갈라파고스 제도에서 거북을 관찰하고 있을 때, 수도원 정원에서 완두콩을 연구하는 사람이 있었어요. 바로 그레고어 멘델이었지요. 멘델은 여러 가지 완두콩 실험을 통해서 유전 법칙을 발견해 냈어요. 그는 둥근 완두콩을 심은 곳에서 둥근 완두콩이 나오는 것처럼 생물의 종류가 진화하는 것이

▲ 찰스 다윈

▲ 그레고어 멘델

아니라 유전 형질이 대대로 전해진다는 것을 밝혀냈어요. 당시에는 사람들이 멘델의 말을 잘 이해하지 못했지만, 유전자 지도(DNA)가 발견되면서 멘델의 법칙은 유전학으로 점점 발전되었어요.

1 사진과 글을 보고, ( ) 안에서 알맞은 낱말을 찾아 ○ 하세요.

로켓의 강력한 (전진 / 행진 / 추진)
장치 덕분에 우주선 발사에
성공했습니다.

선수들이 한마음으로 경기에 나가서
결승 (진행 / 진보 / 진출)의 꿈을
이루어 냈습니다.

2 설명하는 낱말을 찾고, 그 낱말의 상대어도 찾아 선으로 이어 주세요.

수준이 나아지는 것 •

문물이 앞선 나라 •

무대 밖으로 나가는 것 •

• 선진국 •

• 진보 •

• 퇴장 •

• 입장

• 후진국

• 퇴보

3 속뜻 짐작 글자 카드에서 필요한 글자를 색칠하여 대화 속 빈칸에 들어갈 낱말을 만들어 보세요.

앞에는 적군이 있고
뒤에는 강이 흐르고
있습니다! □□양난에
빠지고 말았습니다.

진 쇠 퇴 장

적과 싸움에 물러섬이
없는 임전□□의 정신으로
맞서면 이겨 낼 수 있다.

무 퇴 보 장

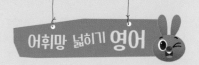

'진퇴'는 나아가는 것과 물러서는 것을 뜻하는 말이에요.
나아가는 것과 물러서는 것을 뜻하는 영어 단어는 무엇일까요?

forward VS backward

forward는 '앞으로'를 뜻할 때 쓰는 표현이에요. '앞을 향하여 한 걸음 나아가는 것'은 step forward라고 하지요.

backward는 '뒤로, 뒷걸음질하는'을 뜻하지만 단순한 방향이 아니라 '퇴보하다, 발전이 더디다, 낙후되다'라는 뜻도 있어요.

3주 2일
학습 끝!

붙임 딱지 붙여요.

improve VS worsen

improve는 상태가 '점점 나아지는 것'을 말해요. 'I am improving.'이라고 하면 '나는 점점 나아지는 중이야.'라는 뜻이지요.

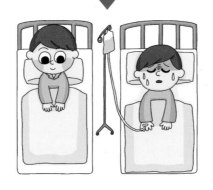

어떤 것의 상태나 상황이 '점점 악화되는 것'을 worsen이라고 해요. improve와 상대되는 의미로 쓸 수 있어요.

advance VS retreat

군대 등이 '전진하는 것'을 advance라고 해요. 또한 어떤 기술이나 지식이 발전하는 것을 뜻하는 말이기도 해요. advanced country라고 하면 '선진국'이라는 뜻이지요.

전진하라!   후퇴하라!

retreat은 '후퇴하다, 물러나다'라는 뜻을 가지고 있어요. 주로 군대가 퇴각하는 상황일 때 사용하지만, '하던 일에서 물러난다.'는 뜻도 있어요.

QR 찍고 발음 듣기

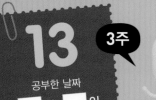

공(功)과 과(過) 비교하기

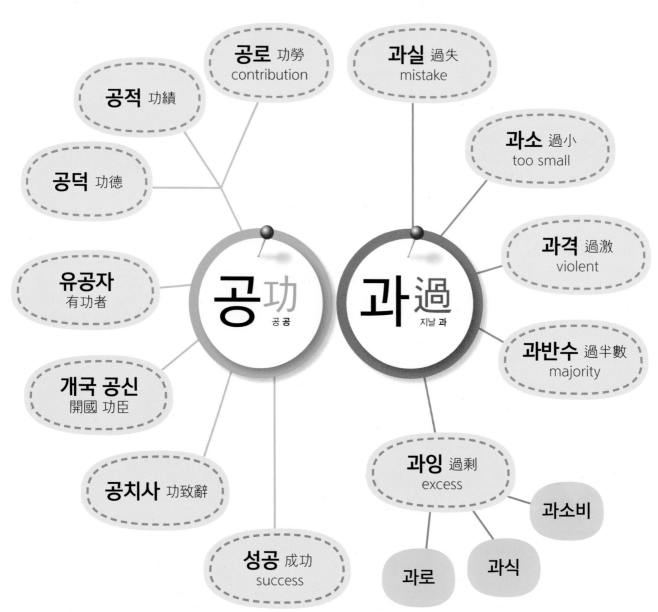

공로 功勞 contribution

과실 過失 mistake

공적 功績

과소 過小 too small

공덕 功德

공功 공공

과過 지날 과

유공자 有功者

과격 過激 violent

과반수 過半數 majority

개국 공신 開國 功臣

공치사 功致辭

과잉 過剩 excess

과소비

성공 成功 success

과로

과식

1 필요한 글자들을 엮어서 설명하는 낱말을 만들어 보세요.

(예) **설국개공신**
나라를 세우는 데
큰 공로가 있는 신하

개	국	공	신

방수이반과
전체에서 절반이 넘는 수

사고치맥공
자기가 잘한 일을
생색을 내며 말하는 것

과대식명호
음식을 지나치게 많이 먹음.

사소과낭비
쓰임이 지나치게 헤픈 것

아수고로공
애써서 이룬 훌륭한 일이나
그 일에 들인 수고

자신공충유
공로가 있는 사람

격거소중과
지나치게 작음.

공성목어표
목적한 바를 이루어 내는 것

잉다익과선
필요한 정도보다 넘치는 것

91

공로 vs 과실
功(공 공) 勞(일할 로/노)
過(지날 과) 失(잃을 실)

애쓰고 노력해서 이룬 훌륭한 일이나 그 수고는 **공로**라고 해요. 반대로 조심하지 않아서 저지른 잘못이나 허물은 '잃을 실(失)' 자를 써서 **과실**이라고 하시요. 착한 일을 해서 쌓은 업적과 어진 덕은 '공덕', 노력해서 이루어 낸 일의 결과는 '공적'이라고 해요.

유공자
有(있을 유) 功(공 공) 者(사람 자)

유공자는 공로가 있는(있을 유, 有) 사람(사람 자, 者)이라는 뜻이에요. 독립운동을 한 애국지사, 전쟁에서 목숨을 잃은 군인이나 경찰 등 나라를 위해 크게 공헌한 사람을 '국가 유공자'라고 해요.

개국 공신
開(열 개) 國(나라 국)
功(공 공) 臣(신하 신)

'열 개(開)'와 '나라 국(國)' 자가 합쳐진 '개국'은 나라를 새롭게 세우는 것을 말해요. 그래서 **개국 공신**이라고 하면 왕을 도와 나라를 세우는 데 공이 많은 신하(신하 신, 臣)를 뜻하지요.

공치사
功(공 공) 致(이를 치) 辭(말씀 사)

공치사는 남을 위해 수고한 일을 자기 스스로 자랑하는 모습을 말해요. 보통 부정적인 뜻으로 사용하지요. 하지만 다른 사람의 공로를 칭찬할 때에는 긍정적인 뜻으로 '공치사하다'라고 쓸 수 있어요.

성공
成(이룰 성) 功(공 공)

성공은 어떤 목적한 일을 이루어(이룰 성, 成) 내는 것을 말해요. 비슷한말로 '나아갈 취(就)' 자를 쓰는 '성취'가 있어요. 오랫동안 노력해 뒤늦게 성공을 이루어 낸 것은 '대기만성'이라고 하지요. 성공의 상대어는 '실패'예요.

과소
過(지날 과) 小(작을 소)

과소는 지나치게 작다(작을 소, 小)는 뜻이에요. 그래서 '과소평가'라고 하면 능력이나 가치를 실제보다 지나치게 낮추어 본다는 뜻이지요. 상대어인 '과대평가'는 실제보다 지나치게 높이 평가하는 것을 뜻해요.

과격
過(지날 과) 激(부딪칠 격)

말이나 행동 등이 지나치게 격렬한(부딪칠 격, 激) 것을 **과격**이라고 해요. 어떤 일을 할 때 주장이나 행동이 한쪽으로 지나치게 기울어 격렬한 사람은 '과격분자'라고 하지요.

과반수
過(지날 과) 半(절반 반) 數(셈 수)

전체에서 절반(절반 반, 半)이 넘는 수(셈 수, 數)를 **과반수**라고 해요. '반수'는 절반을 뜻하는데, 절반을 지나면 과반수를 넘었다고 하지요. 비슷한말로 거의 다를 뜻하는 '대다수'가 있어요.

과잉
過(지날 과) 剩(남을 잉)

'과(過)' 자에는 '지나치다'라는 뜻이 있어요. 그래서 **과잉**은 필요한 정도보다 넘치게 많은 것을 뜻해요. '과소비'는 씀씀이가 지나치게 헤픈 것을 말하고, '과식'은 음식을 지나치게 많이 먹는 것을 말하지요. '과로'는 몸이 고달플 만큼 일하는 것을 일컬어요.

이방원의 공로와 과실

태조 이성계가 조선을 세울 때 이성계를 도운 많은 개국 공신들이 있었어요. 그런데 정작 큰 공을 세우고도 공신으로 인정받지 못한 사람이 있었지요. 바로 태조 이성계의 다섯 번째 아들 이방원이에요. 공로를 인정받지 못한 이방원은 어떤 선택을 했을까요? 조선의 개국 공신을 둘러싼 역사 이야기를 알아보아요.

고려 말에 이방원은 조선의 건국을 반대하고 끝까지 고려를 지키려는 사람들을 적극적으로 설득했어요. 그중에서 정몽주와 시조를 통해 서로의 마음을 표현한 일화는 아주 유명하답니다. 이방원이 정몽주에게 들려준 〈하여가〉에는 함께 새로운 나라를 세우자는 이방원의 간곡한 뜻이 담겨 있었지요. 하지만 정몽주는 고려에 충심을 다짐하는 〈단심가〉로 화답하였어요.

이런들 어떠하며 저런들 어떠하리
만수산 드렁칡이 얽혀진들 어떠하리
우리도 이와 같이 얽혀서 백 년까지 누리리라

이방원 〈하여가〉

이 몸이 죽고 죽어 일백 번 고쳐 죽어
백골이 진토 되어 넋이라도 있고 없고
임 향한 일편단심이야 가실 줄이 있으랴

정몽주 〈단심가〉

이렇게 온갖 노력을 했는데도 막상 조선이 세워진 다음, 이방원은 왕의 아들이라는 이유로 공신에서 제외되었어요. 뿐만 아니라, 세자의 자리마저 막내 동생에게 내주게 되어 큰 불만을 품게 되었지요. 결국 이방원은 '왕자의 난'을 일으켜 개국 공신들과 형제들을 몰아내고 스스로 왕위에 올랐어요. 그토록 원하던 왕위를 얻었지만 이방원은 역사 속에 과실을 남기게 되었답니다.

1 빈칸에 들어갈 알맞은 낱말을 찾아 선으로 이어 주세요.

과격 시위를 벌인 〔   〕에 대한
조사가 이루어졌다.   •

• **과격분자**

책임자로서 당연히 할 일인데
〔   〕을/를 늘어놓았다.   •

• **과잉**

찬성표가 〔   〕을/를 넘었으므로
이번 안건은 통과되었습니다.   •

• **공치사**

〔   〕보호는 부모가 자녀를
지나치게 감싼다는 말이야.   •

• **과반수**

2 밑줄 친 낱말이 서로 상대되는 것을 찾아 번호를 쓰세요. (   )

① **공로**가 크다. / **과실**을 범하다.   ② **과소비**를 부추기다. / **공적**을 부풀리다.

③ **성공**을 이루다. / **과격**하게 행동하다.   ④ **과로**로 쓰러지다. / **공덕**을 기리다.

3 속뜻짐작 선생님의 질문에 알맞은 대답을 한 친구를 찾아 ○ 하세요.

성공을 바라지 않는 사람은 아마 없을 거예요.
다양한 명언을 통해서 성공으로 가는 길을 함께 찾아봐요.

Success is not the key to happiness. Happiness is the key to success.
If you love what you are doing, you will be successful. –Albert Schweitzer

성공이 행복의 열쇠는 아니다. 행복이 성공의 열쇠이다.
당신이 지금 하는 일을 정말 좋아한다면, 당신은 성공할 것이다. –앨베르트 슈바이처

3주 3일
학습 끝!

붙임 딱지 붙여요.

I have not failed. I've just found 10,000 ways that won't work.
–Thomas A. Edison

나는 실패한 것이 아니다. 단지 잘 되지 않는 만 가지 방식을 발견했을 뿐이다.
–토머스 에디슨

I can accept failure, everyone fails at something. But I can't accept not trying.
–Michael Jordan

나는 실패를 받아들일 수 있다. 모두가 무언가에 실패하기 때문이다. 하지만 시도조차 하지 않는 것은 받아들일 수 없다.
–마이클 조던

QR 찍고 발음 듣기

세시 풍속(歲時 風俗) 관련 말 찾기

1 설명을 읽고, 초성 힌트를 참고해서 빈칸에 알맞은 낱말을 적어 보세요.

옛날부터 내려오는 고유의 생활 습관을 말해요.

ㅍ　ㅅ

태양의 위치에 따라 일 년을 스물넷으로 나눈 것이에요.

ㅈ　ㄱ

새해가 시작되는 설날에 웃어른께 드리는 인사예요.

ㅅ　ㅂ

정월 대보름이나 추석에 여럿이 손을 잡고 둥글게 돌면서 노래를 부르는 놀이예요.

ㄱ　ㄱ　ㅅ　ㄹ

농사일을 할 때 연주하는 흥겨운 음악을 뜻해요.

ㄴ　ㅇ

추위가 오기 전에 겨울 동안 먹을 김치를 한꺼번에 많이 담그는 일이에요.

ㄱ　ㅈ

옛날부터 철마다 전해 오는 고유의 행사와 풍습을 '세시 풍속'이라고 해요. 세시 풍속에는 농사를 잘 짓기 위한 준비와 농작물의 풍년을 기원하는 의식, 또 계절을 잘 나기 위한 지혜가 담겨 있지요. 그럼 각 세시 풍속에 대해 자세히 알아보아요.

풍속
風(바람 풍) 俗(풍속 속)

옛날부터 전해 오는 고유한 생활 습관을 '바람 풍(風)'과 '풍속 속(俗)' 자를 합쳐 **풍속**이라고 해요. 매해 철마다 행하는 풍속이기 때문에 '세시 풍속'이라고 하지요. 예전에는 대부분 농사를 지으며 살았기 때문에 농사와 관련된 풍속들이 많이 생겨났어요. 그래서 풍속을 통해 우리 조상들이 어떻게 살았고 무엇을 중요시했는지 알 수 있지요.

절기
節(마디 절) 氣(기운 기)

절기는 일 년을 스물넷으로 나눈 것이에요. 그래서 '이십사절기'라고도 해요. '놀랄 경(驚)'과 '겨울잠 잘 칩(蟄)' 자가 합쳐진 '경칩'은 겨울잠을 깨고 개구리가 나온다는 절기로, 봄이 왔음을 알려요. 또한 '처서'는 가을이 왔음을 알리는 절기예요. 아침저녁으로 선선한 바람이 불어 '처서가 지나면 모기의 입이 비뚤어진다.'라는 속담이 있지요. 팥죽을 끓여 먹는 '동지'는 겨울(겨울 동, 冬)에 해당하는 절기로, 일 년 중 밤이 가장 긴 날이에요.

명절
名(이름 명) 節(마디 절)

명절은 해마다 지키면서 즐겁게 보내는 좋은 날을 말해요. 새해에 맞는 '설날'에는 고운 설빔을 입고 웃어른께 큰절을 해요. 새로운 해(해 세, 歲)가 시작되는 날에 드리는 인사(절 배, 拜)인 '세배'를 하고, 하얀 가래떡을 동그랗게 썰어서 끓인 떡국을 먹어요. 한 해 동안 농사지은 곡식과 과일을 거두어들이는 가을에는 '추석'이 있어요. 추석에는 조상 무덤에 길게 자란 풀(풀 초, 草)을 자르는(칠 벌, 伐) '벌초'를 하고, 산소(무덤 묘, 墓)를 돌보는(살필 성, 省) '성묘'를 해요. 또 송편을 먹지요.

계절
季(철 계) 節(마디 절)

화전
삼계탕
김장

우리나라는 **계절**마다 다양한 풍속이 있었어요. 봄이 오는 음력 3월 3일, '삼짇날'이 되면 산과 들로 봄 소풍을 가고, 진달래 같은 봄꽃을 따서 예쁜 화전을 부쳐 먹었어요. '화전'은 찹쌀 반죽에 꽃(꽃 화, 花)을 올려서 부치는(달일 전, 煎) 떡이에요. 장마가 끝나면 삼복더위가 찾아오는 한여름이 돼요. '삼복'은 초복, 중복, 말복 세 번의 복날을 일컬어요. '엎드릴 복(伏)' 자가 붙은 더운 복날에는 삼계탕 같은 영양가 높은 음식을 먹었어요. 한편 추운 겨울이 오기 전에는 배추와 무로 김장을 담갔어요. 한겨울에는 채소를 구할 수 없어서 겨우내 먹을 김치를 미리 만들어 김칫독에 저장하는 것이 '김장'이에요.

농악
農(농사 농) 樂(즐거울 락/악)

곡식, 채소, 과일 같은 농작물을 키우는 것을 '농사 농(農)'과 '일 사(事)' 자를 합쳐서 '농사'라고 해요. 농사를 짓는 사람은 '농부' 혹은 '농사꾼'이라고 부르지요. 옛날 우리 조상들은 고된 농사일을 할 때 힘든 일을 잊고 흥을 돋우려고 노래를 부르거나 음악을 연주했어요. 징, 꽹과리, 북, 장구같은 타악기가 중심이 되는 흥겨운 음악(소리 음 音, 즐거울 락/악 樂)을 **농악**이라고 해요. 농악 소리를 듣다 보면 어깨춤이 절로 나고 모내기나 김매기처럼 힘든 일도 더욱 열심히 할 수 있지요.

전래 놀이
傳(전할 전) 來(올 래/내)

씨름
그네뛰기

옛날부터 전해(전할 전, 傳) 내려오는(올 래/내, 來) 것을 '전래'라고 하고, 예부터 전해 내려오는 놀이를 **전래 놀이**라고 해요. 전래 놀이는 줄다리기, 횃불싸움처럼 집단으로 하는 놀이와 연날리기, 제기차기같이 또래끼리 하는 놀이가 있어요. 정월 대보름이나 추석에는 여럿이 손을 잡고 둥글게 돌면서 노래를 부르는 '강강술래'를 했어요. 모내기가 끝난 뒤 단오가 찾아오면 남자들은 두 사람이 맞붙어 상대를 넘어뜨리는 '씨름'을 하며 즐겁게 놀았지요. 여자들은 창포물에 머리를 감고 예쁜 단오빔을 차려입고, 나무에 그네를 매달아 '그네뛰기'를 했어요.

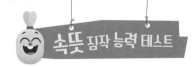

1 설명을 읽고 맞으면 ○, 틀리면 X 하세요.

'세시 풍속'은 옛날부터 철마다 전해 오는 고유의 행사와 풍습을 말해요.

'경칩'은 강아지가 겨울잠을 깨고 나온다는 절기예요.

삼짇날 먹는 '화전'은 봄꽃을 올려서 부쳐 먹는 떡이에요.

'성묘'는 산소를 돌본다는 의미예요.

농사일의 고단함을 잊기 위해 흥겨운 '농악'을 연주했어요.

'삼복'은 세 가지 행복을 이르는 말이에요.

2 그림을 보고, 어떤 세시 풍속을 말하는지 빈칸에 써 보세요.

3 속뜻짐작 속담을 읽고, 빈칸에 들어갈 알맞은 절기와 그 절기에 해당하는 계절을 찾아 선으로 이어 주세요.

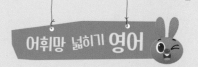

각 나라마다 고유한 풍속에 따라 생겨난 명절들이 있어요.
세계 여러 나라에는 어떤 명절이 있는지 영어로 알아볼까요?

Thanksgiving Day

우리나라에 추석이 있는 것처럼 미국과 캐나다 등에는 Thanksgiving Day(추수 감사절)가 있어요. 청교도들이 새 땅에 정착한 후 첫 추수를 끝내고 지낸 감사절에서 유래했어요.

Easter

기독교 국가의 최대 명절인 '부활절'은 영어로 Easter라고 해요. 부활절 전날 밤에 삶은 달걀을 예쁘게 꾸며 집 안 곳곳에 숨겨 두고, 부활절 아침에 달걀을 찾는 풍습이 있어요.

3주 4일 학습 끝!

붙임 딱지 붙여요.

Christmas

아일랜드 사람들은 Christmas Eve(크리스마스 전날 밤)에 촛불을 켜 놓고 창문을 조금씩 열어 둔다고 해요. 마구간에서 아기 예수를 낳은 마리아를 기억하는 것이지요.

Rio Carnival

carnival은 '축제'라는 뜻이 있어요. 세계 여러 나라의 축제 중에서 화려한 퍼레이드가 펼쳐지는 브라질의 Rio Carnival(리우 카니발)이 유명해요.

QR 찍고 발음 듣기

문화재(文化財) 관련 말 찾기

봉산 탈춤

무형 문화재
無形 文化財

판소리

종묘 제례악

유형 문화재
有形 文化財

사적

명승

기념물 紀念物

문화재
文化財
글월 문 될/변화할 화 재물 재

민속 문화재
民俗 文化財

천연기념물

보물 寶物

유네스코 세계 문화유산
UNESCO 世界 文化遺産

국보 國寶
national treasure

종묘

석굴암

수원 화성

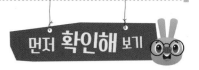

1 설명을 읽고, 초성 힌트를 참고해서 빈칸에 알맞은 낱말을 적어 보세요.

설명	초성 힌트
문화재 가운데 모양이 있어 직접 만지고 눈으로 볼 수 있는 것	ㅇ ㅎ 문 화 재
옛날부터 전해 내려오던 문화, 신앙, 풍습 등에 관련된 문화재	ㅁ ㅅ 문 화 재
역사·문화·예술적으로 연구할 가치가 높아 법으로 보호하는 것	ㄱ ㄴ 물
탈춤처럼 문화재 가운데 형체가 없는 것	ㅁ ㅎ 문 화 재

2 대화를 읽고 ( ) 안에 들어갈 알맞은 낱말을 찾아 번호를 써 보세요.

① 보물   ② 세계 문화유산   ③ 국보

인간의 문화 활동으로 만들어진 것 중에서 역사적·문화적 가치가 있어 보호하는 것을 '문화재'라고 해요. 우리나라는 문화재를 여러 기준에 따라 분류하여 보존하고 있어요. 문화재의 종류에는 어떤 것들이 있는지 알아보아요.

유형 문화재
有(있을 유) 形(모양 형)

문화재를 나누는 기준 가운데 모양이 있는가, 없는가로 나누는 방법이 있어요. 역사적·예술적으로 보존할 가치가 있는 문화재 중에 책, 문서, 미술품, 건축물, 공예품처럼 모양(모양 형, 形)이 있어(있을 유, 有) 직접 만지고 볼 수 있는 것을 유형 문화재라고 해요. 그중에 국가에서 지정한 유형 문화재는 문화재 위원회의 심의를 거쳐 국보와 보물로 나누어 지정해요. 각 시·도에서 문화재로서 중요하다고 인정되는 것은 시·도 지정 문화재로 정하기도 해요.

무형 문화재
無(없을 무) 形(모양 형)

모양이나 형체가 없는 것을 '무형'이라고 해요. 그래서 연극, 음악, 무용, 민속놀이, 공예 기술처럼 정해진 모양(모양 형, 形)이 없는(없을 무, 無) 문화재를 무형 문화재라고 해요. 황해도 봉산 지역에서 전해 내려오는 '봉산 탈춤'과 소리꾼이 북장단에 맞춰 노래로 이야기를 엮어 나가는 '판소리', 조선 왕실의 종묘 제례 때 연주하던 '종묘 제례악'은 대표적인 무형 문화재예요.

민속 문화재
民(백성 민) 俗(풍속 속)

'백성 민(民)'과 '풍속 속(俗)' 자가 합쳐진 '민속'은 옛날부터 민간에 전해 내려오던 문화, 신앙, 풍습 같은 것을 통틀어 이르는 말이에요. 우리나라는 예부터 농사를 지어서 농경과 관련된 민속이 많이 생겼어요. 볏짚으로 지붕을 인 초가집, 쟁기나 지게 같은 농기구, 의복 등과 같이 우리 조상들의 생활 모습이 담긴 자료를 민속 문화재라고 해요. 이런 민속자료를 모아 전시하는 박물관은 '민속 박물관'이라고 하지요. 한 나라의 민속을 알리고자 옛날 사람들이 살던 모습을 그대로 꾸며 놓은 마을은 '마을 촌(村)' 자를 붙여서 '민속 촌'이라고 해요.

유네스코 세계 문화유산

世(세상 세) 界(지경 계)
文(글월 문) 化(될/변화할 화)
遺(남길 유) 産(낳을 산)

200년보다 훨씬 전에 이런 계획도시를 세웠다니!

국제 연합(UN)의 교육 과학 문화 기구인 유네스코에서는 인류가 남긴 문화유산 중에서 매우 귀중한 가치를 지닌 유적지, 사찰, 궁전, 주거지, 종교 발생지 등을 '세계 문화유산'으로 지정해서 보호하고 있어요. 중국의 만리장성이나 프랑스의 베르사유 궁전 같은 유적들이 대표적이지요. 우리나라 문화재들도 **유네스코 세계 문화유산**으로 지정된 것들이 많답니다. 가장 오래된 계획도시의 성곽인 '수원 화성', 신라 조각 미술의 아름다움을 보여 주는 '석굴암', 조선 왕실의 오랜 전통과 관습이 잘 보존되어 있는 '종묘' 등이 대표적이에요.

국보/보물

國(나라 국) 寶(보배 보)
物(물건 물)

나 흥인지문은 동대문이라고도 해.

나 숭례문은 남대문이라고도 해.

보물

국보

유형 문화재 중에서 중요하고 가치가 있어 나라에서 보호하는 문화재를 국보와 보물이라고 해요. 그런데 수많은 문화재 중 어떤 것이 중요하고 가치 있는 것일까요? 보통 제작 연대가 오래되고 시대를 대표하거나 우수하며 특이한 것, 역사적 인물과 관련이 있는 문화재들을 나라(나라 국, 國)의 으뜸가는 보물(보배 보, 寶)이라는 뜻으로 **국보**로 지정하지요. 보배로운 물건(물건 물, 物)이라는 뜻의 **보물**은 국보 다음으로 중요한 유형 문화재를 말해요. 우리나라 국보 제1호는 숭례문, 우리나라 보물 제1호는 흥인지문이에요. 국보와 보물에 매겨진 번호는 가치의 높고 낮음이 아니라 지정된 순서에 따라 붙여요.

기념물

紀(벼리 기) 念(생각 념/염)
物(물건 물)

여기가 바다의 금강산인 해금강이구나!

뜻깊은 일이나 훌륭한 인물 등을 기리기(생각 념/염, 念) 위해 지정하여 돌보는 물건(물건 물, 物)을 **기념물**이라고 해요. 기념물의 종류에는 유적지를 뜻하는 '사적', 경치가 매우 아름다운 '명승', 자연 가운데 희귀하고 아름다워 특별히 보호할 가치가 있는 '천연기념물'이 있어요. 예를 들면, 사적에는 9층 목탑이 있었다고 전해지는 황룡사지가 있고, 명승에는 바다의 금강산이라 불리는 거제 해금강, 천연기념물에는 전라남도 진도에 사는 영리하고 충성심이 강한 진돗개 등이 있어요.

1 아이들의 이야기를 잘 읽고 천연기념물에는 ○, 유형 문화재에는 △, 무형 문화재에는 □ 하세요.

'천연'은 사람의 손길이 닿지 않은 자연 그대로의 상태를 말해.

황새	석굴암	판소리
종묘 제례악	진돗개	숭례문
흥인지문	봉산 탈춤	고수 동굴

'유형'이라는 말은 '형태가 있다'는 뜻이야.

그럼 '무형'이라는 말은 '형태가 없다'는 뜻이구나.

2 설명하는 낱말을 글자 판에서 찾아 ○ 하세요.

① 춤, 음악, 놀이, 공예같이 정해진 형태가 없는 문화재
② 국보 다음으로 중요한 유형 문화재
③ 유네스코 세계 문화유산에 등재된, 조선 정조 때 수원에 쌓은 성
④ 옛날부터 민간에 전해 내려오는 문화, 신앙, 풍습 같은 것

수	원	화	성	민
유	산	보	물	속
무	형	문	화	재
천	연	기	념	물

3 속뜻 짐작 설명을 읽고, 빈칸에 공통으로 들어갈 말을 찾아 색칠하세요.

＿＿＿＿＿은 유네스코가 세계의 귀중한 기록물을 보존·활용하기 위해 선정하는 문화유산이다. 〈조선왕조실록〉은 조선 왕조 472년 동안 임금과 왕조에 대한 역사를 기록한 책으로, 방대한 분량은 물론 객관성과 정확성을 인정받아 1997년에 유네스코 ＿＿＿＿＿으로 지정되었다.

| 세계 문화유산 | 세계 기록 유산 | 세계 자연 유산 |

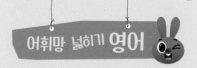

유네스코 세계 유산(UNESCO World Heritage) 중 '문화유산(Cultural Heritage)'과 '자연 유산(Natural Heritage)'에 대해 알아봐요.

Cultural Heritage
Royal Tombs of the Joseon Dynasty

Royal Tombs of the Joseon Dynasty는 '조선 왕릉'이에요. '국왕의'를 뜻하는 royal과 '무덤'을 뜻하는 tomb이 합쳐져서 '왕릉'을 뜻해요. dynasty는 '왕조'를 뜻하므로 Joseon Dynasty는 '조선 왕조'를 가리켜요. 조선 왕릉은 독특한 장례 전통을 간직한 아름다운 건축물이라는 점이 인정되어 세계 문화유산으로 등재되었어요. 우리나라의 자랑스러운 국보(national treasure)이기도 하죠.

▲ Royal Tombs of the Joseon Dynasty(조선 왕릉)

3주 5일 학습 끝!
붙임 딱지 붙여요.

Natural Heritage
Giant's Causeway

유럽 대륙 북쪽에 있는 북아일랜드(Northern Ireland)의 해안에는 육각형 모양의 기둥이 빼곡하게 늘어서 장관을 이뤄요. 세계 자연 유산으로 등재된 이 해안을 Giant's Causeway라고 부르지요. '거인'을 뜻하는 giant와 '둑길'을 뜻하는 causeway가 합쳐져서 '거인의 둑길'을 뜻해요. 거인이 거대한 돌을 놓아 해안에 둑길을 만들었다는 이야기가 전해 내려와서 붙여진 이름이에요.

▲ Giant's Causeway(거인의 둑길)

QR 찍고 발음 듣기

옛것을 익혀 새것을 아는 '온고지신'

온고지신(따뜻할 온 溫, 연고 고 故, 알 지 知, 새로울 신 新):
옛것을 익히고 헤아려서 새것을 아는 것을 뜻하는 말이에요.

토잉이와 함께
끝까지 해 보자고!

PART 3

PART3에서는 소리나 뜻이 비슷해서
헷갈리기 쉬운 낱말들을 비교하며 배워요.

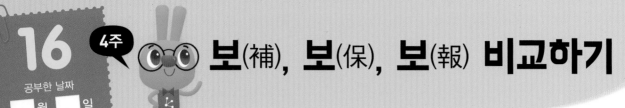

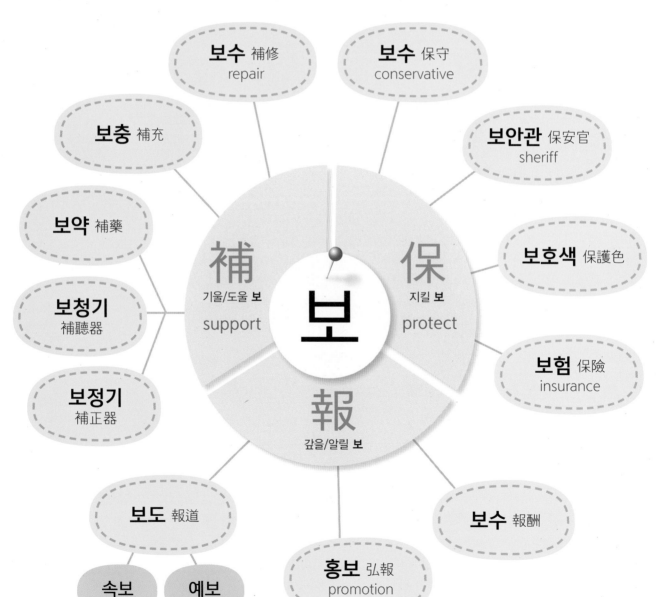

1 파란 글자로 설명하는 낱말을 (   ) 안에서 찾아 ○ 하세요.

미국은 지역마다 (**보안관** / **지방관**)이 있어요.
안전과 질서를 지키는 일을 하는 사람

일기 (**예보** / **광고**)를 통해 날씨를 확인하세요.
앞으로 일어날 일을 미리 알리는 것

그는 일한 것에 대해 정당한 (**보수** / **보도**)를 요구했습니다.
일한 대가로 주는 돈이나 물품

변화보다는 안정을 추구하는 게 (**보수** / **진보**) 세력의 입장입니다.
오래된 제도나 전통적인 것을 고집하고 유지하려는 것

서울 숭례문이 (**보급** / **보수**)되어 옛 모습을 되찾았다.
낡거나 부서진 데를 고치는 것

자동차를 운전하려면 반드시 (**보험** / **보증**)에 가입해야 해요.
갑작스러운 재해와 사고를 대비해 정해진 돈을 보험 회사에 내고 사고 시 보상받는 제도

몇몇 동물들은 (**보색** / **보호색**)으로 위장해 위험에 대비합니다.
다른 동물의 공격을 피하고 자기를 보호하려고 주위와 비슷한 색깔을 띠는 것

양분을 (**보충** / **보전**)해 주었더니 시들었던 화초가 되살아났어.
모자라는 것을 보태어 채우는 것

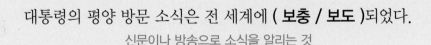

대통령의 평양 방문 소식은 전 세계에 (**보충** / **보도**)되었다.
신문이나 방송으로 소식을 알리는 것

새 영화를 알리기 위해 배우들이 (**홍보** / **전보**)에 나섰다.
어떤 사실이나 제품을 널리 알리는 것

보수 vs 보수 vs 보수
補(기울/도울 보) 修(닦을 수)
保(지킬 보) 守(지킬 수)
報(갚을/알릴 보) 酬(갚을 수)

'기울/도울 보(補)'와 '修(닦을 수)' 자가 합쳐진 **보수**는 낡거나 부서진 데를 고치는 것을 말해요. 하지만 '지킬 보(保)'와 '지킬 수(守)' 자가 합쳐진 **보수**는 오래된 제도나 관습 같은 것을 지키려고 하는 것을 말하지요. 사회의 변화를 추구하는 '진보'와 상대되는 말이에요. 또한 '갚을/알릴 보(報)'와 '갚을 수(酬)' 자가 합쳐진 **보수**는 고맙게 해 준 것에 대해 보답하는 것이나 일한 대가로 주는 돈이나 물품을 뜻해요.

보충
補(기울/도울 보) 充(채울 충)

모자라는 것을 보태어(기울/도울 보, 補) 채우는(채울 충, 充) 것을 **보충**이라고 해요. 힘, 돈, 물건뿐만 아니라, 자료나 설명 등을 보태어 채울 때에도 사용하는 말이지요. 비슷한말로 '완전할 완(完)' 자를 합친 '보완'이 있어요.

보약/보청기
補(기울/도울 보) 藥(약 약)
聽(들을 청) 器(그릇 기)

보약은 몸에 영양을 보태기 위해 먹는 약(약 약, 藥)이에요. 몸의 전체적인 기능을 조절하고 기력을 보충해 주지요. **보청기**는 소리가 잘 들리게(들을 청, 聽) 도움을 주는 기구(그릇 기, 器)를 말해요.

보안관
保(지킬 보) 安(편안할 안)
官(벼슬 관)

보안관은 '편안할 안(安)'과 '벼슬 관(官)' 자가 합쳐진 말로, 안전과 질서를 지키는 관리를 말해요. 미국은 지역마다 범죄를 막고 마을 사람들을 지키는 보안관이 있어요.

보호색
保(지킬 보) 護(보호할 호)
色(빛 색)

카멜레온, 문어 같은 동물이 자신을 보호하려고(보호할 호, 護) 주위와 비슷한 색깔(빛 색, 色)을 띠는 것을 **보호색**이라고 해요. 보호색은 먹고 먹히는 동물의 세계에서 포식자로부터 자신을 지키고 보호하는 방법 중 하나예요.

보험
保(지킬 보) 險(험할 험)

미리 돈을 냈다가 갑자기 아프거나 사고가 나는 등 힘든(험할 험, 險) 일이 생기면 일정한 돈을 되돌려 받는 제도를 **보험**이라고 해요. 보험에는 자동차 사고에 대비한 '자동차 보험', 몸에 병이 났을 때를 대비한 '건강 보험', 불이 났을 때를 대비한 '화재 보험' 등 다양한 종류가 있어요.

홍보
弘(클 홍) 報(갚을/알릴 보)

홍보는 어떤 사실이나 제품을 널리(클 홍, 弘) 알리는(갚을/알릴 보, 報) 것을 뜻해요. 비슷한말로 '넓을 광(廣)' 자가 들어간 '광고'가 있어요.

보도
報(갚을/알릴 보) 道(길 도)

신문이나 방송 등으로 소식을 알리는 것을 **보도**라고 해요. 보도 중에서 급히(빠를 속, 速) 알리는 소식은 '속보', 앞일을 미리(미리 예, 豫) 헤아려서 알리는 소식은 '예보'라고 하지요. '일기 예보'는 날씨를 미리 예측해서 알려 주는 소식이에요.

종합 정보 전달 매체, 신문

우리가 생활하는 데 필요하거나 알아야 할 지식을 '뜻 정(情)'과 '갚을/알릴 보(報)' 자를 합쳐서 '정보'라고 해요. '신문'은 다양한 정보를 종합적으로 전달하는 매체예요. 양질의 정보를 가려내기 위해 신문을 어떻게 읽어야 하는지 알아보아요.

기사 신문에 실리는 글이에요. 기사에는 객관적인 사실도 있지만 기자의 의견이 들어간 부분도 있어요. 그 의견이 타당한 것인지 생각하면서 읽으면 내 생각을 키워 나가는 데 도움이 돼요.

머리기사 신문 1면에 싣는 중요한 기사예요. 머리기사의 제목만 읽어도 기사가 어떤 관점으로 쓰여졌는지 짐작할 수 있어요. 똑같은 사건이라도 신문마다 머리기사가 다를 수 있어서 여러 신문을 비교하면서 읽는 것이 좋아요.

여론 조사 어떤 일에 대하여 사람들의 생각이나 의견이 어떤지 조사한 정보예요. 여론 조사는 신빙성이 있는지 확인하는 것이 중요해요.

광고 여러 제품과 서비스 등을 다양한 형태로 알리는 정보예요. 요즘은 기사 형태의 광고가 많아서 정보와 광고를 헷갈릴 수 있어요. 신문을 볼 때 광고인지, 정보를 얻을 수 있는 기사인지 잘 구별해야 해요.

신문을 활용하는 교육을 NIE(Newspaper In Education)라고 해요. NIE는 바르고 정확한 정보를 선택할 수 있도록 도와주고, 다양한 기사를 이용해 사고력과 창의력을 키워 주는 교육 방법이지요.

1 밑줄 친 낱말의 '보' 자가 '지키다'의 뜻이면 빨간색, '알리다'의 뜻이면 파란색, '돕다'의 뜻이면 노란색으로 곰을 색칠해 보세요.

일기 **예보**가 딱 맞았네.

건강 **보험료**가 오른다고 해.

보약을 먹고 힘을 내!

방학 동안 학교 건물을 **보수** 공사한대.

얼룩말 무늬도 **보호색**의 일종이야.

우리 동아리를 **홍보**하기 위한 포스터를 만들자.

2 밑줄 친 낱말의 뜻을 찾아 선으로 이어 주세요.

낡은 집을 **보수**하니 새 집이 되었어.

오래된 제도나 관습을 지키는 것

오늘은 **보수** 세력의 의견이 주목을 받았어.

낡거나 부서진 데를 고치는 것

3 속뜻짐작 빈칸에 공통으로 들어갈 낱말을 찾아보세요. (　　　　)

이 제품의 문제점을 □하기 위해서 더 많은 연구가 필요합니다.

맞아요. 좀 더 실험해 보고 문제점을 □하는 것이 좋겠어요.

① 보완　　　　② 보안　　　　③ 보온　　　　④ 보증

오늘날에는 신문과 방송 외에도 정보를 전달하는 새로운 매체들이 많이 생겨났어요.
정보 전달 매체에는 어떤 것이 있는지 알아볼까요?

SNS

SNS는 Social Network Service(소셜 네트워크 서비스, 사회 관계망 서비스)의 줄임말이에요. 온라인상에서 여러 사람들이 정보를 공유하거나 소통할 수 있는 서비스를 말해요. 다수의 사람들에게 시간과 공간의 제약 없이 소식을 빠르게 전달할 수 있어서 때로는 사회적 이슈가 신문이나 텔레비전 뉴스보다 SNS를 통해 더 빠르게 전달되기도 하지요.

4주 1일
학습 끝!

붙임 딱지 붙여요.

social media

social은 '사회의, 사회적'을 뜻하는 말이에요. media는 신문, 잡지, 영화, 텔레비전 등과 같은 '대중 매체'를 말하지요. social media(소셜 미디어, 누리 소통 매체)는 자신의 생각이나 의견을 공유하기 위하여 사용하는 온라인 콘텐츠예요. SNS나 블로그 등의 social media를 통하여 이루어지는 광고를 '소셜 미디어 광고'라고 해요.

QR 찍고 발음 듣기

성(成), 성(性), 성(誠) 비교하기

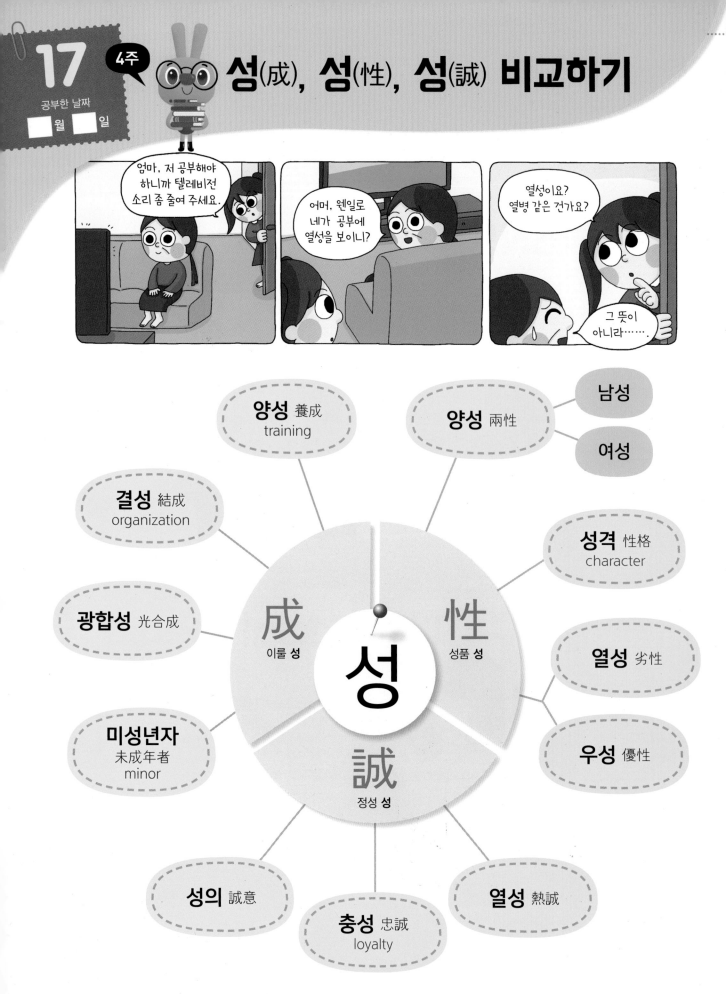

1 설명을 읽고, 빈칸에 알맞은 글자를 써 넣어 낱말을 완성해 보세요.

가르쳐서 인재를 길러 내는 것	☐	성(成)	☐☐
모임을 구성하고 만드는 것	☐		
성년이 아닌 사람	☐		
식물이 햇빛을 받아 영양분을 만드는 것	☐☐		

사람의 고유한 성질이나 성품		성(性)	☐
유전 법칙에서 말하는 열등한 성질	☐		
남성과 여성을 모두 일컫는 말	☐		

정성스러운 뜻		성(誠)	☐
국가나 임금에 대해 진정에서 우러나오는 정성	☐		
열렬한 정성	☐		

양성 vs 양성
養(기를 양) 成(이룰 성)
兩(두 량/양) 性(성품 성)

'기를 양(養)'과 '이룰 성(成)' 자가 합쳐진 **양성**은 가르쳐서 능력 있는 사람을 길러 내거나 실력을 발전시키는 것을 말해요. 비슷한말로 '기를 육(育)' 자가 쓰인 '육성'이 있어요. 한편 '두 량/양(兩)'과 '성품 성(性)' 자가 합쳐진 **양성**은 '남성'과 '여성'을 아울러 일컫는 말이에요.

열성 vs 열성
劣(못할 렬/열) 性(성품 성)
熱(더울 열) 誠(정성 성)

'못할 렬/열(劣)'과 '성품 성(性)' 자가 합쳐진 **열성**은 유전 법칙에서 열등한 성질을 말해요. 상대어는 우세한 성질을 뜻하는 '우성'이에요. 소리가 같지만 '더울 열(熱)'과 '정성 성(誠)' 자가 합쳐진 **열성**은 열렬한 정성을 뜻해요. 어떤 일에 대한 마음과 태도가 열렬하다는 말이에요.

결성
結(맺을 결) 成(이룰 성)

모임을 짜서 만드는 것을 '맺을 결(結)'과 '이룰 성(成)' 자를 합쳐 **결성**이라고 해요. 비슷한말로 '묶을 속(束)' 자를 붙인 '결속'이 있어요.

광합성
光(빛 광) 合(합할 합) 成(이룰 성)

'합성'은 둘 이상을 합하여(합할 합, 合) 하나로 만들거나 새로운 것을 만드는 것을 말해요. 여기에 '빛 광(光)' 자가 합쳐진 **광합성**은 식물이 햇빛을 받아 이산화 탄소와 물로 양분을 만들어 내는 과정이에요.

미성년자
未(아닐 미) 成(이룰 성)
年(해 년/연) 者(사람 자)

'성년'은 어른이 됐다고(이룰 성, 成) 여기는 나이(해 년/연, 年)를 뜻해요. 법적으로는 만 19세 이상이 성년이에요. 여기에 '아닐 미(未)' 자를 붙여서 아직 성년이 되지 않는 나이를 '미성년'이라고 해요. **미성년자**는 만 19세 미만인 사람으로, 법률 행위를 할 때 법정 대리인의 동의가 필요해요.

성격
性(성품 성) 格(격식 격)

사람마다 지닌 고유한 성질(성품 성, 性)을 **성격**이라고 해요. 다른 사람들과 잘 어울리는 사람을 '성격이 좋다.'라고 하지요. 성격과 비슷한말로 '성품'이 있는데, 고유어로 '됨됨이'라고 해요.

성의
誠(정성 성) 意(뜻 의)

정성스런 뜻(뜻 의, 意)을 **성의**라고 해요. 비슷한말로 '마음 심(心)' 자를 붙인 '성심'이 있어요. 두 낱말이 합쳐진 '성심성의'는 참되고 성실한 마음과 뜻을 말해요. 성의의 상대어에는 성의가 없음(없을 무, 無)을 뜻하는 '무성의'가 있어요.

충성
忠(충성 충) 誠(정성 성)

충성은 '충성 충(忠)'과 '정성 성(誠)' 자가 합쳐진 말로, 주로 국가나 임금을 위해 정성을 다하는 것을 말해요. '마음 심(心)' 자를 붙여서 '충성심'이라고도 하지요.

누구를 닮았을까?

아빠의 쌍꺼풀진 눈을 닮은 나의 눈, 엄마의 곱슬머리를 닮은 여동생의 머리카락은 왜 똑같이 나타나는 것일까요? 이런 현상은 바로 유전 법칙인 우열의 법칙 때문에 나타나는 것이에요. 우열의 법칙에 대해 더 자세히 알아볼까요?

실험을 통해 처음으로 유전 법칙을 정리한 사람은 멘델이에요. 멘델은 7년 동안 완두콩 교배 실험을 하여 어떤 형질이 나타나고 안 나타나는지를 조사해 유전 법칙을 정리했어요. 멘델은 서로 다른 형질을 가진 두 완두콩을 교배하였을 때 나타나는 좀 더 우세한 형질을 '우성'이라고 불렀어요. 그리고 잘 나타나지 않는 열등한 형질을 '열성'이라고 불렀지요.

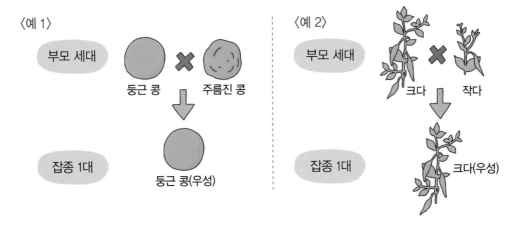

하지만 주의해야 할 것이 있어요. 우성은 열성에 비해서 나타날 확률이 높은 것이지, 우성이 더 뛰어난 것이 아니에요. 열성이 뛰어나지 못한 것도 아니고요. 우성과 열성은 확률에 따른 비교일 뿐이랍니다.

1 밑줄 친 낱말 중 서로 같은 의미로 쓰인 것끼리 선을 이어 주세요.

양성평등은 민주주의를
이루는 기본이야. •

• 신흥 무관 학교에서는
독립군을 **양성**했어요.

우리는 모두 **열성**으로
연습했어. •

• 곱슬머리는 **열성**일까?
우성일까?

첨단 과학 분야의 인재를
양성해야 해요. •

• **양성**끼리 서로 존중하는
것이 중요해요.

열성인 형질이 나타나는
경우도 있어요. •

• 그녀의 **열성**적인 모습에
감동받았어.

2 밑줄 친 낱말에 주어진 한자가 쓰인 문장을 찾아 번호를 써 보세요.

成 이룰 성 ( )	① 우리 모임이 **결성**된 지 얼마 안 됐어. ② 우리 오빠는 **성격**이 좋아서 인기가 많아.
性 성품 성 ( )	③ **여성**을 위한 휴게실이 필요해. ④ 임금을 위해 **충성**을 다하는 신하를 '충신'이라고 해.
誠 정성 성 ( )	⑤ 이 영화는 **미성년자** 관람 불가야. ⑥ **성의**를 다해 준비했어.

3 속뜻짐작 구인 광고를 읽고, 빈칸에 들어갈 낱말을 찾아 ○ 하세요.

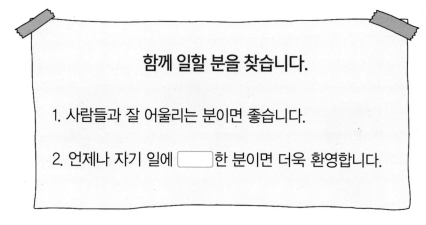

함께 일할 분을 찾습니다.

1. 사람들과 잘 어울리는 분이면 좋습니다.

2. 언제나 자기 일에 ☐한 분이면 더욱 환영합니다.

성품

성실

자수성가

사람을 어린이와 어른으로 구분해 부르는 것처럼, 동물도 성장 정도에 따라 다르게 불러요. 어린 동물과 다 자란 동물을 어떻게 부르는지 영어로 알아봐요.

bear, cub

bear는 '곰'이에요. '아기 곰'은 cub이라고 해요. 여우, 사자, 호랑이, 늑대의 새끼를 가리킬 때도 cub이라고 하지요.

cat, kitten

cat은 '고양이'예요. 귀여운 '아기 고양이'는 kitten이라고 해요.

4주 2일
학습 끝!

붙임 딱지 붙여요.

dog, puppy

'개'는 dog, '강아지'나 '작은 개'를 부르는 말은 puppy예요.

pig, piglet

pig는 '돼지'이고, '아기 돼지'는 piglet이라고 해요.

chicken, chick

'닭'은 chicken이에요. '병아리'는 chick라고 해요.

QR 찍고 발음 듣기

소리가 같은 말 구분하기

경기에서 우승했다며! 근데 왜 이렇게 늦었어?

부상이 너무 커서 빨리 올 수가 없었어.

뭐라고, 부상을 심하게 당한 거니?

그게 아니고……

우승 부상으로 저 곰 인형을 줬지 뭐야.

부상
負(질 부) 傷(상할 상)

> 자전거를 타다가 넘어져 **부상**을 입었다.
> 다행히 **부상**을 입은 사람은 없었다.

부상은 몸을 다쳐서 상처를 입는 것을 뜻해요. 몸에 상처를 입은 사람(사람 자, 者)은 '부상자'라고 하지요. 몸을 다쳐서 부상을 입은 자리(곳/살 처, 處)는 '상처'라고 해요.

부상
浮(뜰 부) 上(위 상)

> 잠수함이 드디어 물 위로 **부상**했다.
> 경민이가 새로운 회장감으로 **부상**하고 있다.

부상은 공기 중이나 물 위로 떠오르는 것을 뜻해요. '자기 부상 열차'는 자석(자석 자, 磁)이 밀거나 끌어당기는 기운(기운 기, 氣)을 이용해 선로 위로 띄워 달리는 열차를 말하지요.

부상
副(버금 부) 賞(상 줄 상)

> **부상**으로 한자 사전을 받았다.
> 우승자에게는 상패와 함께 **부상**이 주어진다.

어떤 사람이 잘한 일을 칭찬하려고 주는 것을 '상'이라고 해요. '버금 부(副)'와 '상 줄 상(賞)' 자가 합쳐진 부상은 상을 줄 때 함께 주는 물건이나 돈을 말해요.

소리가 같은 말을
잘 들어 봐!

화가 날 때는
감정보다 이성을
앞세우라고 했는데
싸우면 어떡하니?

아니, 왜?

전 선생님 말씀대로
할 수가 없었어요.

전 이성 친구가
없다고요.

저도요.

그 이성이
아니라……

이성
理(다스릴 리/이) 性(성품 성)

문제를 해결하려면 냉철한 **이성**이 필요하다.
끝까지 **이성**을 잃지 않고 대화를 마쳤다.

이치에 맞게 생각하고 판단하는 능력을 '다스릴 리/이(理)'와 '성품 성(性)' 자가 합쳐진 **이성**이라고 해요. '감성'과 상대되는 뜻으로, 감정에 휘둘리지 않는 냉정한 마음을 '이성'이라고 부르기도 해요. '이성을 잃다.'라고 하면 옳고 그름이나 선악을 구별하는 판단력이 흐려진다는 뜻이지요.

이성
異(다를 리/이) 性(성품 성)

이성을 볼 때 성격을 중요시하는 편이다.
사춘기 때는 **이성**에 대한 호기심이 생겨요.

이성은 자기와 성별이 다른(다를 리/이, 異) 사람을 일컬어요. 남자 쪽에서는 여자를, 여자 쪽에서는 남자를 이르지요. 서로 성이 다른 친구는 '이성 친구'라고 하고, 성이 다른 친구와 가까이 사귀는 것을 '이성 교제'라고 해요. 이성의 상대어는 '한 가지 동(同)' 자를 쓰는 '동성'이에요.

소리가 같은 말을
잘 들어 봐!

야호!
신난다!

아빠, 왜 그렇게
좋아하세요?

우리나라가 월드컵
2연패를 했대!

아빠, 너무해요!
우리나라가 진 걸
기뻐하시다니!

내가 말한
연패는 이겼다는
뜻인데……

연패
連(이을 련/연) 覇(으뜸 패)

우리가 드디어 배드민턴 전국 대회를 **연패**했다.
그는 작년에 이어 2**연패**를 달성했다.

연패는 해마다 열리는 같은 대회에서 잇달아(이을 련/연, 連) 우승하는(으뜸 패, 覇) 것을 뜻해요. 시합이나 경기에서 이기는 것이어서 연승이라고 할 것 같은데 왜 연패라고 할까요? '연승'은 싸움이나 경기에서 연달아 이기는 것을 뜻해요. 하지만 한 대회에서 최종 우승을 연달아 하는 것은 '으뜸 패(覇)' 자를 써서 '연패'라고 하지요. 비슷한말로 '제패'가 있는데, 대회에서 우승하는 것을 의미해요. 이기는 것을 뜻하는 또 다른 말에는 완승이 있어요. '완승'은 상대를 줄곧 몰아붙이면서 큰 차이로 이기는 것이에요.

연패
連(이을 련/연) 敗(패할 패)

유도부가 **연패**의 늪에 빠졌습니다.
비록 **연패**를 했지만, 그래도 잘했어.

싸움이나 경기에서 연거푸 지는(패할 패, 敗) 것을 **연패**라고 해요. 상대어는 '연승'이지요. '이을 속(續)' 자를 합친 '속패'도 운동 경기나 싸움 등에서 잇달아 패하는 것을 뜻해요. '아낄 석(惜)' 자를 합친 '석패'는 경기에서 잘 싸웠지만 아깝게 지는 것을 의미해요. 반대로 크게 지는 것은 '큰 대(大)' 자를 써서 '대패'라고 하지요. 비슷한말로 '완패'가 있어요.

소원
所(바 소) 願(원할 원)

> 우리의 **소원**은 통일입니다.
> 꼭 한 가지 **소원**만 들어줄게.

소원은 '바 소(所)'와 '원할 원(願)' 자가 합쳐진 말로, 어떤 일이 이루어지기를 바라는 것을 뜻해요. 백범 김구 선생은 〈나의 소원〉이라는 글에서 자신의 첫째 소원은 대한 독립, 둘째 소원은 우리나라의 독립, 셋째 소원은 대한의 완전한 자주 독립이라고 말했어요. 그의 간절함이 느껴지는 글이지요. 소원과 비슷한말로 '바랄 망(望)' 자를 붙인 '소망'과 '바랄 희(希)' 자를 합친 '희망'이 있어요.

소원
疏(트일/성길 소) 遠(멀 원)

> 자주 만나지 못해서 사이가 **소원**해졌다.
> 요새 친구와 **소원**한 느낌이 들어서 속상하다.

소원은 서로 사이가 두텁지 않고 거리가 있어서 서먹서먹한 것을 뜻해요. 비슷한 말로 '소외'가 있어요. 소외는 다른 사람을 따돌리거나 따돌림을 받는 것을 말하는데 '소외되다' 혹은 '소외시키다'라고 말하지요. 상대어는 '친밀'이에요. 어떤 사람과 서로 잘 알고 정이 들어 가까운 것을 '빽빽할 밀(密)' 자를 써서 '친밀하다'라고 하지요.

1 밑줄 친 '부상'의 뜻은 무엇일까요? 알맞은 뜻을 찾아 (　　　)에 번호를 써 보세요.

(1) 발목 **부상**을 딛고 테니스 시합에 출전한 선수가 우승하였습니다. (　　)

(2) 우승자에게 트로피와 함께 엄청난 상금이 **부상**으로 주어졌습니다. (　　)

① 상장이나 상패와 함께 주는 물건이나 돈

② 몸을 다쳐서 상처를 입는 것

2 밑줄 친 '연패'의 뜻을 나타낸 그림을 찾아 선으로 이어 주세요.

전국 체전에서 3**연패**의 쾌거를 이루었습니다.

연패의 충격에서 벗어날 수가 없네요.

3 밑줄 친 낱말이 같은 뜻으로 쓰인 것끼리 선으로 이어 주세요.

이성 친구보다 동성 친구가 말이 잘 통해.

이성 간에도 우정이 가능할까?

이성적으로 생각해 보자.

이성보다 감성이 중요해.

4 밑줄 친 '소원'의 뜻을 찾아 (   )에 번호를 써 보세요.

엄마, TV 말고 나랑 놀아요!
가족끼리 대화 하루 13분뿐

우리나라 부모와 자녀의 사이가 점점 **소원**(㉮   )해지고 있다. 최근 조사한 결과에 따르면 하루 평균 가족과 보내는 시간이 단 13분에 그쳤다. 가장 가까운 가족끼리 대화를 나누거나 같이 보내는 시간이 하루의 0.9%밖에 안 되는 것이다. 반면 학교 밖 공부 시간은 190분, TV와 스마트폰 등 각종 미디어 이용 시간은 84분인 것으로 나타났다.

하지만 아이들은 엄마, 아빠와 더 많은 시간을 갖기를 **소원**(㉯   )하였다. 어린이 재단에 따르면, 아이들은 행복을 위한 최우선 조건으로 '화목한 가족'(25.7%)을 꼽았다고 한다.

4주 3일
학습 끝!

붙임 딱지 붙여요.

① 어떤 일이 이루어지기를 바라는 것

② 서로 사이가 두텁지 못하고 거리가 있어 서먹서먹한 것

5 밑줄 친 낱말을 바르게 설명한 상자에 ○ 하세요.

자기 부상 열차	이성과 논리	연패 달성	심각한 부상	이성 교제
몸을 다치는 것	이치에 맞게 생각하는 능력	연초에 시합에 나가는 것	위로 떠오르는 것	자기와 성별이 다른 사람
위로 떠오르는 것	높게 쌓아 올린 성	연속해서 패하는 것	몸을 다치는 것	이치에 맞게 생각하는 능력
어떤 일을 바라는 것	자기와 성별이 다른 사람	계속해서 우승하는 것	상과 함께 주는 물건	높게 쌓아 올린 성

129

4주

헷갈리는 말 살피기

전통
傳(전할 전) 統(거느릴 통)

> 우리나라의 **전통** 가옥은 한옥입니다.
> 고궁에서 **전통** 놀이 체험이 열려요.

한 집단에 예로부터 이어져(전할 전, 傳) 내려오는 생각이나 행동 등을 **전통**이라고 해요. 한 나라나 겨레에는 옛날부터 전해 내려오는 전통이 있어요. 전통 문화, 전통 놀이, 전통 예절 등을 살펴보면 우리 조상들이 중요하게 생각한 가치들이 무엇인지 알 수 있지요.

정통
正(바를 정) 統(거느릴 통)

> **정통** 일본 요리를 맛보게 되다니 꿈만 같아.
> 공양왕을 마지막으로 고려 **정통** 왕조가 끝났다.

정통은 한 사회나 집단에서 이어져 내려오는 바른(바를 정, 正) 계통(거느릴 통, 統)을 말해요. 전통과 정통 모두 전해져 내려오는 것이지만 '바를 정(正)' 자가 들어간 정통은 어떤 것의 중심이라는 뜻이에요. 그래서 제대로 된 중국 요리를 말할 때는 '전통 중화 요리'가 아니라 '정통 중화 요리'라고 해야 하지요. 임금에게 '정통'이라는 말을 쓰면 정통성이 있는 왕위 계승자라는 뜻이에요. 한편 '정통하다'고 하면 무엇에 대해 깊고 자세히 아는 것이에요.

1 ( ) 안에서 알맞은 낱말을 찾아 ○ 하세요.

2 빈칸에 들어갈 알맞은 낱말을 찾아보세요. ( )

보온밥통이 없던 옛날에는 밥이 식는 것을 막기 위해 놋그릇에 밥을 담아 따뜻한 아랫목 이불 밑에 묻어 두곤 했어요. 놋그릇은 오랜 역사와 [ ]이 담긴 우리 고유의 식기예요. 놋에 포함된 구리에는 세균을 억제하는 효과와 함께 음식의 온도를 유지하게 하는 기능도 있어요.

① 정통   ② 전통

3 속뜻짐작 밑줄 친 낱말의 뜻을 찾아 선으로 이어 주세요.

예전부터 **정통** 무술을 배우고 싶었어. •   • 전해지는 바른 계통

우리 할아버지는 한자에 **정통**하셔. •   • 자세히 아는 것

상연
上(위 상) 演(펼/멀리 흐를 연)

강당에서 오페라가 **상연**되었어요.
크리스마스 연극을 **상연**하는 특별 무대예요.

상연은 무대 위(위 상, 上)에서 연극을 하는(펼/멀리 흐를 연, 演) 것을 뜻해요. 연극은 역사가 아주 오래된 예술이에요. 연극 대본을 '희곡', 연극 대본을 쓰는 사람을 '극작가', 연극을 하려고 모인 사람들의 모임을 '극단'이라고 불러요. 상연과 비슷한말로 '공연'이 있어요. 공연은 연극뿐만 아니라, 음악, 무용 같은 것을 관객들에게 보여 주는 것을 일컬어요.

상영
上(위 상) 映(비칠 영)

영화 **상영** 시간에 맞춰 도착해야 해.
내가 좋아하는 만화가 언제 **상영**될까?

영화관에서 관객에게 영화를 보여 주는 것을 **상영**이라고 해요. 왜 영화는 연극처럼 상연한다고 하지 않고 상영한다고 할까요? 영화는 배우들의 연기를 카메라로 촬영한 다음, 촬영한 필름을 영사기라는 기계를 사용해 큰 막에 비추어서(비칠 영, 映) 관객들에게 보여 줘요. 이렇게 필름을 재현하는 기계를 '영사기'라고 하지요. 그래서 영화를 보여 주는 곳은 '영화관' 혹은 '상영관'이라고 하고, 영화를 만드는 회사는 '영화사'라고 해요. 영화를 찍기 위해 쓰는 대본은 '시나리오'라고 해요.

1 대화를 읽고, 밑줄 친 낱말을 잘못 사용한 친구를 찾아 ○ 하세요.

2 빈칸에 알맞은 글자를 써서 문장을 완성해 보세요.

① 아이들이 만든 인형극이 대학로 무대에서 | 상 | | 된대.

② 해녀의 일생을 다룬 다큐멘터리 영화가 | 상 | | 되고 있다.

③ 이번에 | 상 | | 되는 연극에 유명한 배우가 나온대요.

④ 불법 비디오이므로 | 상 | | 을 금지합니다.

어떤 일을 하다가 잠시 짬을 내는 것을 '막간을 이용한다.'라고 해요. '막간'은 연극의 막(장막/군막 막, 幕)과 막 사이(사이 간, 間)에 잠시 쉬는 시간을 말해요. 공연 중 막간을 이용해 의상을 갈아입거나 무대를 점검하는 것에서 '잠시'를 뜻하는 말이 된 것이에요.

할머니, 저 왔어요!

아이고, 우리 똥강아지 왔구나!

똥강아지라니요? 그건 인신공격이에요.

예쁘고 귀엽다는 뜻이야.

임신
姙(아이 밸 임) 娠(아이 밸 신)

> 임신은 가장 큰 축복이야.
> 가족 모두 이모의 임신을 축하했어요.

'아이 밸 임(姙)'과 '아이 밸 신(娠)' 자가 합쳐진 임신은 아이가 생긴 것을 말해요. 비슷한말로 '잉태'가 있어요. 아기를 낳는 것은 '풀 해(解)'와 '낳을 산(産)' 자를 합친 '해산'이라고 하거나, '날 출(出)' 자를 합친 '출산'이라고 하지요. 아기를 가졌거나 갓 해산한 여자는 '임산부'라고 불러요.

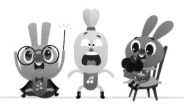

인신
人(사람 인) 身(몸 신)

> 싫어하는 별명을 부르는 건 인신공격이야.
> 상대 후보를 인신공격하지 마세요.

인신은 사람(사람 인, 人)의 몸(몸 신, 身)을 일컫는 말이에요. 또한 개인의 신상이나 신분을 뜻하기도 해서 다른 사람이 함부로 침해하면 안 된다는 의미가 담겨 있어요. 그러면 '인신공격한다'는 말은 무슨 뜻일까요? '인신공격'은 몸을 때리거나 해하는 것이 아니라 말로 하는 공격을 뜻해요. 남의 약점을 찾아서 헐뜯는 것을 말하지요. 논쟁을 할 때 상대방의 주장과 관계없는 내용을 발언하며 트집 잡아 상대를 비난하면 '인신공격의 오류'에 빠졌다고 해요.

1 밑줄 친 부분의 뜻이 같은 것끼리 선으로 이어 주세요.

인신에 관한 것은 함부로
기사화하면 안 돼. •

임신하셨습니다.
축하드려요. •

• **아기가 생긴 것**을 축하하기
위해 선물을 준비했어.

• **개인의 신상이나 신분**을 비방하는
것은 옳지 않은 일이야.

2 그림의 지워진 부분에 들어갈 낱말을 보기 에서 찾아 써 보세요.

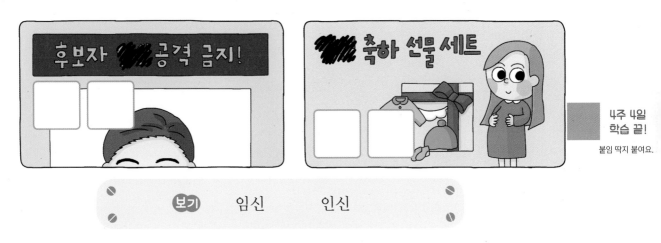

보기   임신   인신

4주 4일
학습 끝!

붙임 딱지 붙여요.

3 대화를 읽고, 잘못 사용한 낱말을 찾아 바르게 써 보세요.

(틀린 낱말) [   ] ➡ (바른 낱말) [   ]

앞뒤에 붙는 말 알아보기

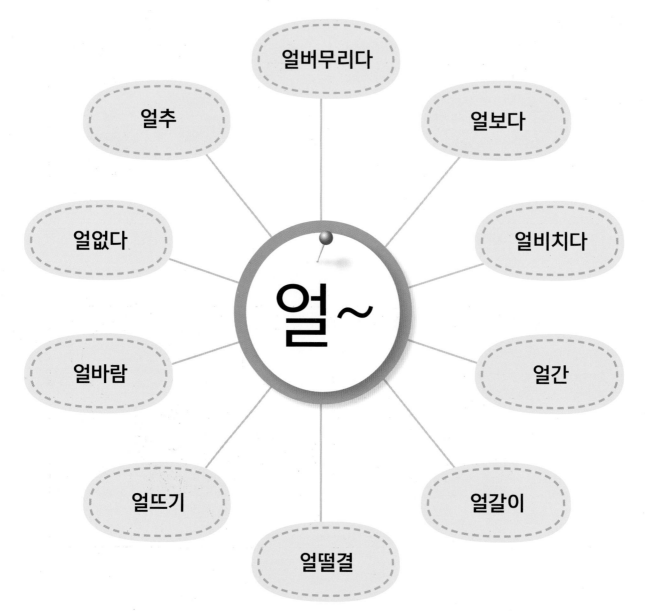

얼버무리다

얼추

얼보다

얼없다

얼비치다

얼~

얼바람

얼간

얼뜨기

얼갈이

얼떨결

1 설명하는 낱말이 되도록 과녁에서 필요한 글자들을 엮어 빈칸에 써 보세요.

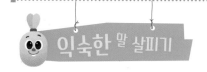
얼추
얼+추

'얼~'은 '분명하지 못하게, 대충'이라는 뜻을 더해요. **얼추**는 어지간한 정도로 대충이라는 뜻이에요. 얼추라는 말을 시간에 쓰면 어떤 것에 거의 가깝게 이르렀다는 뜻으로, '시간이 얼추 다 됐다.'라고 말해요.

얼버무리다
얼+버무리다

말이나 행동을 분명하게 하지 못하고 대충 하는 것을 **얼버무리다**라고 해요. 얼버무리다에는 여러 가지를 대충 뒤섞는다는 뜻과 음식을 잘 씹지 않고 넘긴다는 뜻도 있어요.

얼보다
얼+보다

어떤 것을 똑똑하게 보지 못할 때 **얼보다**라고 해요. '창문에 가려져 얼굴을 얼보았다.'라고 말할 수 있어요.

얼비치다
얼+비치다

빛이 선명하지 않고 어른어른 비치는 것을 **얼비치다**라고 해요. 어떤 대상이나 그림자가 어렴풋이 나타나 보이는 것을 말하기도 하지요.

얼간
얼+간

얼간은 소금을 약간 뿌려서 조금 절인 간을 말해요. '얼간 고등어'라고 하면 간을 덜해서 짜지 않은 고등어를 말하지요. 또한 얼간은 '얼간이'와 같은 말로, 됨됨이가 변변하지 못하고 덜된 사람을 이르기도 해요.

얼갈이
얼+갈이

겨울에 논밭을 대강 갈아엎는 것을 **얼갈이**라고 해요. 어떤 일을 대충 한다는 뜻의 '얼'과 논밭의 흙을 파서 뒤집는다는 뜻의 '갈이'가 합쳐진 말이지요.

얼떨결
얼떨+결

'얼떨떨하다'는 갑자기 뜻밖의 일을 당해서 정신이 없고 멍하다는 뜻이에요. **얼떨결**은 '얼떨떨한 사이'라는 뜻이지요. 갑자기 당한 일에 정신이 분명하지 않고 흐리멍덩한 상태를 일컫는답니다.

얼뜨기
얼+뜨기

얼뜨기는 다부지지 못하고 어수룩한 사람을 말해요. 미련하고 모자라는 사람을 낮추어 이르는 말이지요. 얼뜨기, 촌뜨기처럼 뒤에 '~뜨기'를 붙이면 누군가를 얕잡아 부르는 말이 돼요.

얼바람
얼+바람

얼바람은 어중간하게 맞는 바람을 말해요. '얼~'에는 '어중간하다'라는 뜻도 있어서, '얼바람 맞은 사람'이라고 하면 실없고 허튼짓을 하는 사람이라는 부정적인 의미로 쓰여요.

얼없다
얼+없다

조금도 틀림이 없는 것을 **얼없다**라고 해요. '얼~'은 '부족하고 모자라다'라는 뜻도 갖고 있어요. 그래서 부족하고 미숙하다는 뜻의 '얼'이 없으니, '조금도 틀림이 없고 정확하다'라는 뜻이 되지요.

짐작으로 헤아리는 계산법, 어림

'얼~'을 앞에 붙이면 '분명하지 못하게, 대충'이라는 뜻이 생겨요. 예를 들어, '얼추'는 시간을 대강 헤아리는 말로 쓰여요. 그런데 정확한 답을 계산해야 하는 수학에도 이런 말이 필요할까요? 수학에서 정확한 측정이나 계산을 하지 않고 대강 짐작으로 헤아리는 것을 '어림'이라고 해요. 어림이 무엇인지 자세히 알아보아요.

어림은 우리가 일상생활에서 자주 사용하는 계산법이에요. 누군가 몸무게를 물어봤을 때 만약 어림을 하지 않고 대답한다면 40.345……처럼 복잡한 수를 써야 할 거예요. 사람들이 많이 모인 광장에서 인원수를 헤아릴 때도 만약 어림을 하지 않고 계산하려면 하루 종일 사람들을 세야겠지요. 이렇게 어림은 알고 보면 아주 유용한 계산법이랍니다.

어림을 하는 방법은 세 가지가 있어요. 어림하여 계산하는 법을 알아볼까요?

- **올림** 구하려는 자릿수 아래의 수가 0보다 크면 그 자릿수에 1을 더하고, 0이면 그대로 둬요.
  예 127을 일의 자리에서 올리면 130이 됩니다.
- **버림** 구하려는 자릿수 아래의 수가 무엇이든 아랫자리 수를 버려 0으로 만들어요.
  예 212를 십의 자리에서 버리면 200이 됩니다.
- **반올림** 반올림하는 자리의 수가 5보다 작으면 버리고, 5 이상이면 올려요.
  예 575를 일의 자리에서 반올림하면 580이 됩니다.

이렇게 어떤 수를 올림, 버림, 반올림한 수는 실제 수와 차이가 생겨요. 이것을 '그릇될 오(誤)'와 '어긋날 차(差)' 자를 써서 '오차'라고 해요. 예를 들어, 2,470원을 백의 자리에서 버림해서 2,000원이라고 한다면, 오차는 470원이 되지요.

1 빈칸에 들어갈 알맞은 말을 선으로 이어 주세요.

얼◻에 내가 회장을 하겠다고
손을 들어 버렸지 뭐야.　　　•

잘못을 인정할 수 없어서
그냥 얼◻고 말았어.　　　•

얼◻ 맞은 사람이 하는 말을
믿을 수 없어요.　　　•

•　바람

•　떨결

•　버무리

2 '분명하지 못하게, 대충'이라는 뜻의 '얼~'이 쓰인 낱말을 모두 골라 ◯ 하세요.

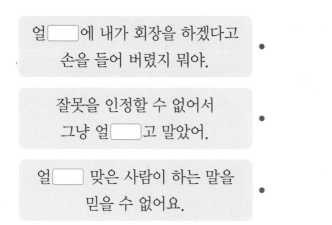

| 얼마간 | 얼른 | 얼비치다 | 얼간 | 얼룩덜룩 | 얼음 |
| 얼토당토 않다 | 얼갈이 | 얼쑤 | 얼얼하다 | 얼버무리다 | 얼보다 |

3 속뜻 짐작 대화를 읽고, ( ) 안에 공통으로 들어갈 낱말을 찾아보세요. ( )

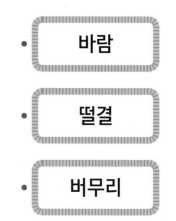

① 얼쯤　　　　② 얼핏

140

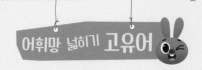

'얼~'과 반대로 어떤 말 앞에 '온~'을 붙이면 '모든 것을 어우르다,
온전하고 흠이 없다'라는 뜻이 돼요. '온~'이 들어가는 낱말들을 알아볼까요?

온승낙

'승낙'은 다른 사람이 부탁하는 일을 들어주는 것을 말해요. 승낙 앞에 '온~'을 붙이면 아주 확실히 하는 승낙을 뜻해요. '얼승낙'은 확실하지 않은, 어느 정도만 승낙하는 것이에요.

온갖

'온갖'은 여러 가지 많은 것을 말해요. 비슷한말로 '갖은'이 있는데 골고루 다 갖춘, 또는 여러 가지를 뜻하지요.

온통

'온~'에는 '전부'라는 뜻이 있어요. 그래서 '온 세상'이라고 하면 세상 전부를 말하고, '온 식구'라고 하면 모든 식구를 일컫지요. '온통'은 '모두 다'라는 뜻이에요.

온종일

'온종일'은 '하루 종일' 혹은 '하루 내내'라는 뜻이에요. 흔히 '왼종일'이라고 쓰기도 하는데 이는 잘못된 표현이에요. 같은 뜻으로 쓰이는 말에는 '진종일'이 있어요.

온점

문장 부호 중에 문장을 끝마칠 때 쓰는 마침표를 '온점'이라고 해요. 문장을 쉬어갈 때는 '쉼표'라고 불리는 '반점'을 찍지만 문장이 완전히 끝났을 때는 온점을 찍지요.

4주 5일
학습 끝!

붙임 딱지 붙여요.

온달

달은 시간의 흐름에 따라 모습이 달라져요. '온달'은 조금의 일그러짐도 없이 둥근달이에요. 즉, 달의 모습이 가장 둥근 보름달을 가리키지요.

온음

음악에서 '미와 파', '시와 도'처럼 반음이 아닌 나머지 음의 간격을 '온음'이라고 해요.

온마리

조각내지 않은 동물의 고기를 '온마리'라고 해요. 바비큐(barbecue)처럼 돼지나 소를 통째로 구울 때 쓸 수 있어요.

아이를 귀하게 부르는 말 '어린이'

방정환은 1899년, 서울에서 태어났어요.

1919년, 3.1 운동이 일어났을 때

'독립 선언서'를 나누어 주다가 일본 경찰에게 붙잡히기도 했지요.

일주일 후 방정환은 석방되었어요.

방정환은 일본으로 가서 공부하기로 마음먹었어요.

어린이: '어린아이'를 대접하거나 격식을 갖추어 이르는 말로,
4~5세부터 초등학생까지의 아이를 말해요.

1주 13쪽 먼저 확인해 보기

1.
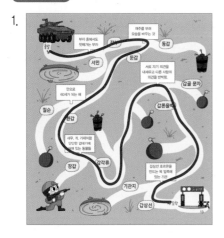

1주 16쪽 속뜻 짐작 능력 테스트

1. ① 철갑, ② 갑부, ③ 환갑

2.
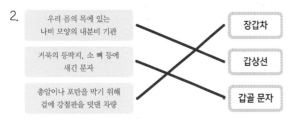

3. ②
'칠갑'은 물건의 겉면에 다른 물질이 흠뻑 칠해져 있는 것으로, '껍질/갑옷 갑(甲)' 자를 써요. 그 외에 '지갑', '빈 갑', '수갑'은 모두 '상자 갑(匣)' 자를 써요.

1주 19쪽 먼저 확인해 보기

1.

		①문		②본	
①인	문	학		②문	방	구
③작	③문				④공	
	법				④문	화

2.

1주 22쪽 속뜻 짐작 능력 테스트

1.

2. (1) ①, (2) ③, (3) ④, (4) ②

3.

'문방사우'란 '글월 문(文)', '방 방(房)', '넉 사(四)', '벗 우(友)' 자를 합쳐 '글을 쓰는 방의 네 친구'라는 뜻이에요. 종이, 붓, 먹, 벼루의 네 가지 문방구를 뜻해요. '문무백관'은 모든 문관과 무관을 뜻해요.

1주 25쪽 먼저 확인해 보기

1.
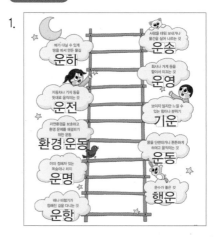

1. ④

'운운하다'는 '이를 운(云)' 자를 두 번 써서 이러쿵저러쿵 말하는 것을 가리켜요.

2. (1) ②, (2) ①, (3) ③, (4) ④

3. ①

'운반'은 '움직일 운(運)'과 '운반할 반(搬)' 자를 합쳐 물건 등을 옮겨 나르는 것을 뜻해요. 또한 '운수'는 운반보다 큰 규모로 실어 나르는 것이에요.

1.

2.

1.

①①			
궁	중	요	리
궐			
		②	
		용	
	②		
	동	궁	전

2. (1) ②, (2) ①, (3) ③

3. ①

'내명부'는 조선 시대에 궁중에서 벼슬을 받은 여인을 통틀어 이르는 말이고, '상궁'은 내명부 가운데 정오품 벼슬에 오른 지위가 꽤 높은 궁녀를 이르는 말이에요.

1. 7

초록	어록	녹음	기록	기력
고려왕조실록	조선왕조실록	녹취	녹화	기로
순록	방명록	목록	등록	도록
신록	비망록	녹초	생활 기록부	주민 등록 번호
녹록	녹두	녹지	수록	등록증
상록	기대	녹조	부록	영수증

2.

신기록 → 녹화 → 화목 → 목록 → 녹취

1.

2. ①

3.

'캘 채(採)'와 '기록할 록/녹(錄)' 자가 합쳐진 '채록'은 필요한 자료를 찾아 모아서 적거나 녹음하는 것을 뜻해요. '그림 도(圖)'와 '기록할 록/녹(錄)' 자가 합쳐진 '도록'은 내용을 그림이나 사진으로 엮은 목록을 말하지요.

2주 45쪽 먼저 확인해 보기

1. 보좌−②, 보물섬−⑥, 금은보화−⑤, 보고−③, 칠보
공예−④, 보석−①

2. 보검   다보탑   보위

2주 48쪽 속뜻 짐작 능력 테스트

1. 보 ~~설~~ 석 보 ~~물~~ 보 ~~전~~ 좌 ✕

2. (1) 국보, (2) 보검

3.
가	보	서
금	감	동

'보감'은 다른 사람이나 후세에 본보기(거울 감, 鑑)가
될 만한 귀중한(보배 보, 寶) 일이나 사물, 또는 그런
것을 적은 책이에요. 글자 그대로 보배롭고 귀중한 거
울을 뜻하기도 해요.

2주 51쪽 먼저 확인해 보기

1. ① 사물함, ② 사생활, ③ 사교육, ④ 사익, ⑤ 사설탐
정, ⑥ 사복, ⑦ 사립 학교, ⑧ 사저, ⑨ 사유지, ⑩ 사심

2주 54쪽 속뜻 짐작 능력 테스트

1. (1) 이 땅은 개인이 소유하고 있는 공유지라서 함부로 들어가서는 안 돼. (4)
(2) 공무원이 공익을 중요시 여겨서는 안 돼. (1)
(3) 범인을 잡기 위해 어떤 경찰관은 제복을 입어서 신분을 감춰. (2)

2. (1) 사립 학교, (2) 사생활, (3) 사심

3. ②
'사리사욕'은 사사로운(사사로울 사, 私) 이익(이로울
리/이, 利)과 욕심(욕심 욕, 慾)을 말해요. '부귀영화'는
많은 재산과 높은 지위로 세상에서 온갖 영광을 누린
다는 의미예요.

2주 57쪽 먼저 확인해 보기

1.

2주 60쪽 속뜻 짐작 능력 테스트

1.

2. ③

3.

'석성'은 돌(돌 석, 石)로 쌓은 성, '평지성'은 평지에
둘러쌓은 성을 말해요.

146

2주 63쪽 먼저 확인해 보기

1.

① 불 **만** → ② **만** 족 → ③ 족 욕

→ ④ 욕 조 → ⑤ 조 수 간 만 → ⑥ 만 점

→ ⑦ 점 자 → ⑧ 자 신 만 만 → ⑨ 만 원

2.

음식을 너무 많이 먹어 **살이 찌면** 질병에 걸리기 쉬워. → 비 만

플라스틱 사용을 줄이자는 데에 **모든 사람들의 의견이 같았어.** → 만 장 일 치

2주 66쪽 속뜻 짐작 능력 테스트

1.
이번 시험에서 모두 정답을 맞혀서 **만점**을 받았어. — 그 문제를 ___하게 해결하기로 합의했어.

항상 배려하는 그의 **원만**한 성격은 모두를 친구로 만들었어. — 엄마의 요리는 가족들에게 항상 인기 ___이에요.

버스가 **만원**인 바람에 버스를 탈 수 없었어. — 학교 도서관은 책을 읽는 학생들로 항상 ___이야.

2. (1) 만족, (2) 포만감

3. ②, ③

'일만 만(萬)'과 '온전할 전(全)' 자가 붙은 '만전'은 조금도 허술함이 없이 아주 완전함을 뜻하는 말이에요. '채울 충(充)'과 '찰 만(滿)' 자가 합쳐진 '충만'은 가득 차다라는 뜻이지요. '찰 만(滿)'과 '먹을 끽(喫)' 자가 합쳐진 '만끽'은 마음껏 먹고 마시거나 욕망을 마음껏 충족하는 것이에요. '만두'는 밀가루 반죽에 소를 넣어 빚은 음식으로 '만두 만(饅)' 자를 써요.

2주 69쪽 먼저 확인해 보기

1.

어떤 임무를 맡겨서 사람을 보내는 것 → 파 견

어떤 근원으로부터 갈라져 생겨나는 것 → 파 생

각 지역으로 경찰관을 보내 업무를 보게 한 곳 → 파 출 소

학설이나 주장을 달리하여 갈라진 파 → 학 파

견해나 태도가 비슷한 사람이 모여서 이룬 무리 → 유 파

생각이나 목적이 같은 사람들의 모임 → 파 벌

어떤 특별한 임무를 띠고 파견된 사람 → 특 파 원

일제 강점기에 우리나라를 배신하고 일제를 도운 사람들 → 친 일 파

예전 방식을 따르지 않고 새로운 것을 따르는 유파 → 신 파

한쪽으로 치우치지 않고 중간을 지향하는 무리 → 중 도 파

2주 72쪽 속뜻 짐작 능력 테스트

1.
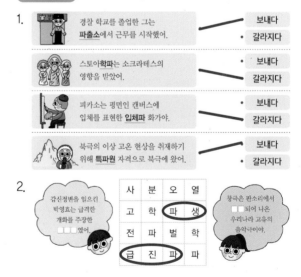

경찰 학교를 졸업한 그는 **파출소**에서 근무를 시작했어. — 보내다

스토아**학파**는 소크라테스의 영향을 받았어. — 갈라지다

피카소는 평면인 캔버스에 입체를 표현한 **입체파** 화가야. — 갈라지다

북극의 이상 고온 현상을 취재하기 위해 **특파원** 자격으로 북극에 왔어. — 보내다

2.
갑신정변을 일으킨 박영효는 급격한 개화를 주장한 ___였어.

사	분	오	열
고	학	파	생
전	파	벌	학
급	진	파	파

창극은 판소리에서 ___되어 나온 우리나라 고유의 음악극이야.

3. ②

'문벌'은 대대로 내려오는 그 집안의 사회적 신분이나 지위를 말해요.

3주 79쪽 먼저 확인해 보기

1.

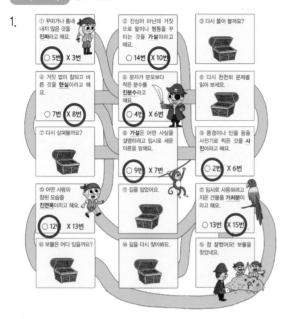

3주 82쪽 속뜻 짐작 능력 테스트

1. ③

2.

3.

'진상'은 '참 진(眞)'과 '서로 상(相)' 자를 붙여 사물이나 현상의 참된 모습을 뜻해요. '가상'은 '거짓 가(假)'와 '생각 상(想)' 자를 써서 사실처럼 느끼게 하는 거짓을 의미하지요.

3주 85쪽 먼저 확인해 보기

1. ③

2. ① 퇴치, 추진, ② 선진국, ③ 퇴근, ④ 진출

3.

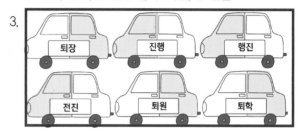

3주 88쪽 속뜻 짐작 능력 테스트

1.

2.

3.

'진퇴양난'은 앞으로 나가지도 뒤로 물러서지도 못한다는 뜻으로, 이러지도 저러지도 못하는 어려운 처지를 말해요. '임전무퇴'는 전쟁에 나아가서 물러서지 않음을 이르는 말이지요.

3주 91쪽 먼저 확인해 보기

1.

설국개공신
나라를 세우는 데
큰 공로가 있는 신하

| 개 | 국 | 공 | 신 |

방수이반과
전체에서 절반이 넘는 수

| 과 | 반 | 수 |

사고치맥공
자기가 잘한 일을
생색을 내며 말하는 것

| 공 | 치 | 사 |

과대식명호
음식을 지나치게 많이 먹음.

| 과 | 식 |

사소과낭비
씀씀이가 지나치게 헤픈 것

| 과 | 소 | 비 |

아수고로공
애써서 이룬 훌륭한 일이나
그 일에 들인 수고

| 공 | 로 |

자신공충유
공로가 있는 사람

| 유 | 공 | 자 |

격겨소중과
지나치게 작음.

| 과 | 소 |

공성목어표
목적한 바를 이루어 내는 것

| 성 | 공 |

잉다익과선
필요한 정도보다 넘치는 것

| 과 | 잉 |

3주 94쪽 속뜻 짐작 능력 테스트

1.

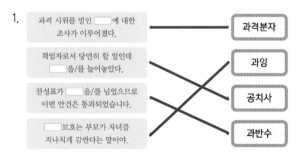

과격 시위를 벌인 □에 대한 조사가 이루어졌다. —— 과격분자

책임자로서 당연히 할 일인데 □을/를 늘어놓았다. —— 과잉

찬성표가 □을/를 넘었으므로 이번 안건은 통과되었습니다. —— 공치사

□보호는 부모가 자녀를 지나치게 감싼다는 말이야. —— 과반수

2. ①

3.

'과유불급'은 정도가 지나친(지날 과, 過) 것은 오히려 (같을/오히려 유, 猶) 미치지(미칠 급, 及) 못함(아니 불/부, 不)과 같다는 뜻이에요.

3주 97쪽 먼저 확인해 보기

1.

옛날부터 내려오는 고유의 생활 습관을 말해요.

| 풍 | 속 |

태양의 위치에 따라 일 년을 스물넷으로 나는 것이에요.

| 절 | 기 |

새해가 시작되는 설날에 웃어른께 드리는 인사예요.

| 세 | 배 |

정월 대보름이나 추석에 여럿이 손을 잡고 둥글게 돌면서 노래를 부르는 놀이에요.

| 강 | 강 | 술 | 래 |

농사일을 할 때 연주하는 흥겨운 음악을 뜻해요.

| 농 | 악 |

추위가 오기 전에 겨울 동안 먹을 김치를 한꺼번에 많이 담그는 일이에요.

| 김 | 장 |

3주 100쪽 속뜻 짐작 능력 테스트

1.

'세시 풍속'은 옛날부터 철마다 전해 오는 고유의 행사와 풍습을 말해요. ⭕

'경칩'은 강아지가 겨울잠을 깨고 나온다는 절기예요. ❌

삼짇날 먹는 '화전'은 봄꽃을 올려서 부쳐 먹는 떡이에요. ⭕

'성묘'는 산소를 돌본다는 의미예요. ⭕

농사일의 고단함을 잊기 위해 흥겨운 '농악'을 연주했어요. ⭕

'삼복'은 세 가지 행복을 이르는 말이에요. ❌

2. 벌초, 세배

3.

□이/가 지나면 해가 노루 꼬리만큼씩 길어진다. —— 경칩 —— 봄

□에는 대동강 물이 풀린다. —— 동지 —— 겨울

'동지'는 겨울(겨울 동, 冬)이 되는(이를 지, 至) 절기로 일 년 중 밤이 가장 긴 날이지요. '놀랄 경(驚)'과 '겨울잠 잘 칩(蟄)' 자가 합쳐진 '경칩'은 개구리가 겨울잠을 깨고 나온다는 절기로, 봄을 나타내요.

먼저 확인해 보기

1.

문화재 가운데 모양이 있어 직접 만지고 눈으로 볼 수 있는 것	유 형 문 화 재
옛날부터 전해 내려오던 문화, 신앙, 풍습 등에 관련된 문화재	민 속 문 화 재
역사·문화·예술적으로 연구할 가치가 높아 법으로 보호하는 것	기 념 물
탈춤처럼 문화재 가운데 형체가 없는 것	무 형 문 화 재

2.

세계 여러 나라에는 인류가 지키고 보호해야 할 중요한 가치를 지닌 (2)이 있어.

우리나라 문화재는 중요도에 따라 (3)와 (1)로 나누고 있어.

속뜻 짐작 능력 테스트

1.

황새 석굴암 판소리
종묘 제례악 진돗개 숭례문
홍인지문 봉산 탈춤 고수 동굴

2.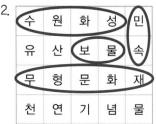

수	원	화	성	민
유	산	보	물	속
무	형	문	화	재
천	연	기	념	물

3. ☐은 유네스코가 세계의 귀중한 기록물을 보존·활용하기 위해 선정하는 문화유산이다. 〈조선왕조실록〉은 조선 왕조 472년 동안 임금과 왕조에 대한 역사를 기록한 책으로, 방대한 분량은 물론 객관성과 정확성을 인정받아 1997년에 유네스코 ☐으로 지정되었다.

세계 문화유산   **세계 기록 유산**   세계 자연 유산

먼저 확인해 보기

1.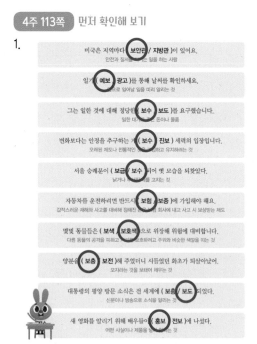

미국은 지역마다 (보안관/ 지방관)이 있어요.
안전과 질서를 지키는 일을 하는 사람

일기 (예보/ 광고)를 통해 날씨를 확인하세요.
앞으로 일어날 일을 미리 알리는 것

그는 일한 것에 대해 정당한 (보수/ 보도)를 요구했습니다.
일한 대가로 받는 돈이나 물품

변화보다는 안정을 추구하는 건 (보수/ 진보) 세력의 입장입니다.
오래된 제도나 전통적인 것을 소중히 하고 유지하려는 것

서울 숭례문이 (보급/ 보수)되어 옛 모습을 되찾았다.
낡거나 부서진 데를 고치는 것

자동차를 운전하려면 반드시 (보험/ 보충)에 가입해야 해요.
갑작스러운 재해와 사고를 대비해 정해진 돈을 회사에 내고 사고 시 보상받는 제도

몇몇 동물들은 (보색/ 보호색)으로 위장해 위험에 대비합니다.
다른 동물의 공격을 피하려 위장하고 주위와 비슷한 색깔을 띠는 것

양분을 (보충/ 보전)해 주었더니 시들었던 화초가 되살아났어.
모자라는 것을 보태어 채우는 것

대통령의 평양 방문 소식은 전 세계에 (보충/ 보도)되었다.
신문이나 방송으로 소식을 알리는 것

새 영화를 알리기 위해 배우들이 (홍보/ 전보)에 나섰다.
어떤 사실이나 제품을 널리 알리는 것

속뜻 짐작 능력 테스트

1.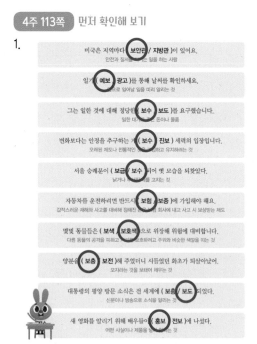

일기 **예보**가 딱 맞았네.

건강 **보험료**가 오른다고 해.

보약을 먹고 힘을 내!

방학 동안 학교 건물을 **보수** 공사한대.

얼룩말 무늬도 **보호색**의 일종이야.

우리 동아리를 **홍보**하기 위한 포스터를 만들자.

2.

낡은 집을 **보수**하니 새 집이 되었어.		오래된 제도나 관습을 지키는 것
오늘은 **보수** 세력의 의견이 주목을 받았어.		낡거나 부서진 데를 고치는 것

3. ①
'보완'은 '기울/도울 보(補)'와 '완전할 완(完)' 자를 써서 미흡하거나 부족한 것을 보충하여 온전하게 한다는 뜻이에요.

4주 119쪽 먼저 확인해 보기

1.

가르쳐서 인재를 길러 내는 것	양	
모임을 구성하고 만드는 것	결	성 (成)
성년이 아닌 사람	미	년 자
식물이 햇빛을 받아 영양분을 만드는 것	광 합	

사람의 고유한 성질이나 성품	격	
유전 법칙에서 말하는 열등한 성질	열	성 (性)
남성과 여성을 모두 일컫는 말	양	

정성스러운 뜻	의	
국가나 임금에 대해 전장에서 우러나오는 정성	충	성 (誠)
열렬한 정성	열	

4주 122쪽 속뜻 짐작 능력 테스트

1.

2. ①, ③, ⑥

3.
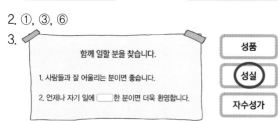

'정성 성(誠)'과 '열매 실(實)' 자가 합쳐진 '성실'은 성의를 다하는 참된 태도를 의미해요. '성품'은 사람의됨됨이를, '자수성가'는 물려받은 것 없이 자기 혼자의힘으로 집안을 일으키거나 재산을 모은 것을 뜻해요.

4주 128쪽 속뜻 짐작 능력 테스트

1. (1) ②, (2) ①

2.
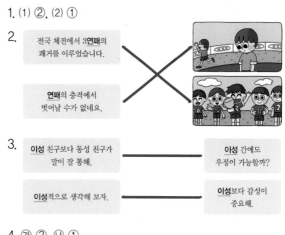

3.

4. ㉮ ②, ㉯ ①

5.

4주 131쪽 속뜻 짐작 능력 테스트

1.

2. ②

3.
예전부터 **정통** 무술을 배우고 싶었어.	— 전해지는 바른 계통
우리 할아버지는 한자에 **정통**하셔.	— 자세히 아는 것

151

4주 133쪽 속뜻 짐작 능력 테스트

1.

2.
① 아이들이 만든 인형극이 대학로 무대에서 상 연 된대.

② 해녀의 일생을 다룬 다큐멘터리 영화가 상 영 되고 있다.

③ 이번에 상 연 되는 연극에 유명한 배우가 나온대요.

④ 불법 비디오이므로 상 영 을 금지합니다.

4주 135쪽 속뜻 짐작 능력 테스트

1.

2.

3.

(틀린 낱말) 임신공격 ➡ (바른 낱말) 인신공격

4주 137쪽 먼저 확인해 보기

1.
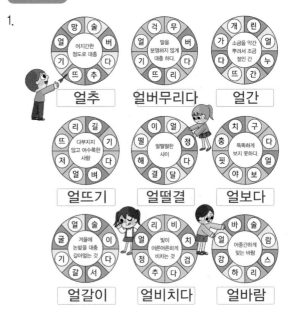

4주 140쪽 속뜻 짐작 능력 테스트

1.
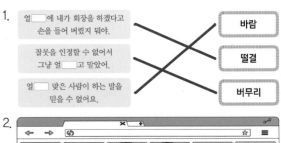

2.

3. ②

'얼쯤'이란 주춤거리는 모양이나 얼버무리는 모양을, '얼핏'은 '언뜻'과 같은 말로 생각이나 기억이 문득 떠오르는 모양을 뜻해요.